耽溺契約婚
～ドS公爵の淫らなアトリエ～

Rin Suzune
すずね凜

Honey Novel

Illustration

めろ見沢

CONTENTS

プロローグ

「さあ――結婚証明書にサインをするんだ」

長いしなやかな指が、磨《みが》き上げられた黒檀《こくたん》の机の上に一枚の書類を押しやる。

その指先を見つめただけで、フェリシアの心臓は不可思議なことに高鳴ってしまう。

「どうした？　早くするんだ」

目の前に座っている男が、背骨に響くような色っぽいバリトンの声で促《うなが》す。強い意志を持った低音の声が、耳孔《じこう》を擽《くすぐ》りフェリシアの身体を熱くする。

非の打ちどころのない美貌《びぼう》、艶《つや》やかな黒髪を綺麗《きれい》に撫《な》でつけ、引き締まった肉体をオーダーメイドのスーツに包み、男は姿勢よく胸を張っている。その深青色の瞳は、獲物を狙う鷹のような鋭《するど》さで、じっとこちらを見据《みす》えてくる。

あの眼差《まなざ》しに捕らえられたら、もはや逃げることはできない。恐怖の中にかすかに混じる妖《あや》しい気持ちが、フェリシアの全身を支配する。

フェリシアはおずおずと机の上の羽ペンを手にする。

まだ残っているわずかな理性が自分を躊躇《ちゅうちょ》させる。

「何をためらっている？　いやなら黙ってここを出ていけばいい」

男の声は自信に満ちていて、フェリシアが拒否することなど考えもしないという響きだ。

「私は止めないよ」

男がぞっとするほど端整な顔をかすかに歪《ゆが》め、謎めいた笑みを浮かべる。

ずるい——と、フェリシアは思う。

冷徹《れいてつ》に命令をしたかと思えば、優しく突き放す。

飴《あめ》と鞭《むち》だ。

両方を巧《たく》みに使い分け、じわじわとフェリシアの心を捕縛《ほばく》していくのだ。

フェリシアは軽く息を吐いた。

倍も年上の世知《せち》に長《た》けたこの男に、十八歳になったばかりの小娘では所詮《しょせん》太刀打ちできっこない。

フェリシアは羽ペンを持ち直し、結婚証明書の妻の欄にサインをした。少し手が震《ふる》えてしまった。

「いい子だ」

男はフェリシアがサインし終えると、さっとその手から羽ペンを奪い書類を自分に向け直して、夫の欄にさらさらと自分の名前を書く。

コンラッド・マクニール公爵。

それが男の名前だ。

容姿端麗《ようしたんれい》で家柄も財力も持ち合わせ、しかも高名な画家でもある。そんな男が、なぜ一介の花売り娘に心を止めたのか、フェリシアには未《いま》だに理解できない。

「よし、これできみは、晴れて私だけのものだ」

緻密《ちみつ》な象嵌《ぞうがん》を施したブロッター《吸取器》で、丁寧にサインの余分なインクを吸い取ったコンラッドは、満足げに結婚証明書を目の前にかざした。

私だけのもの――その言葉の響きに、フェリシアは心臓が丸ごと持っていかれるような苦しさと陶酔《とうすい》を覚える。

この結婚は、かりそめのものなのに。互いの利益のための契約結婚のはずなのに。

「では――お約束は守ってもらえますね？」

フェリシアは精一杯毅然《きぜん》として、言う。

コンラッドが鷹揚《おうよう》にうなずいた。

「無論だ。私は有言実行の男だからね」

おもむろに彼が椅子から立ち上がる。

長身のコンラッドは、小柄なフェリシアを見下ろす形で目の前に立った。威圧感にフェリシアは足がすくむ。

「約束のキスだ」

長い指がくいっとフェリシアの顎《あご》を持ち上げる。

「んっ……」

素早く唇を覆《おお》われた。その柔《やわ》らかい唇の感触に、思わず目を閉じる。

コンラッドは、撫でるように何度も唇を擦《こす》りつける。

それだけで足が震え、体温が上がるような気がした。

と、ふいに背中を強く抱えられ、男の熱い舌が口唇を割って奥へ押し入ってきた。

「は……ふ、あふ……っ」

舌を乱暴に搦《から》め捕《と》られ、魂《たましい》まで奪いそうなほど強く吸い上げられる。

「んんっ、んっ……」

息が止まりそうだ。

呼吸をしたくて、首を振り立てて彼の舌から逃れようとすると、コンラッドのもう片方の手が後頭部をがっちりと押さえ込み、さらに口腔《こうこう》内を情熱的に舐《な》め回してくる。

「……ん、んぅ、んんんっ」

脳芯に痺《しび》れるような甘い愉悦《ゆえつ》が走り、フェリシアは意識が朦朧《もうろう》としてしまう。

(ああ……このキスはだめ……！)

情熱的な大人の口づけをされると、初心《うぶ》なフェリシアは身も心も耽溺《たんでき》してしまい、抵抗を封じられてしまう。

コンラッドに出会うまで、こんな口づけは知らなかった。

初めて彼に口づけをされたとき、強烈で刺激的なそれに、嵐のように翻弄《ほんろう》され、気が遠くなってしまった。

こんなふうに甘く危険な口づけを仕掛けられると、知らず知らず悩ましい鼻声が漏れてしまい、羞恥心で全身が灼《や》けつくように熱くなる。それがさらに、淫《みだ》らな興奮に火を注ぐ。

すべては彼の思うまま――。

フェリシアは口惜《くちお》しさと狂おしいほどのせつなさに、胸が掻《か》きむしられるような気がした。

「は……あ、あぁ……」

魂を抜かれたようにぐったり弛緩《しかん》したフェリシアの身体を、コンラッドはきつく抱え直す。

「美しいフェリシア。私の芸術の女神《ミューズ》。もう離さない」

フェリシアの火照《ほて》った額や頬に、濡れた唇を何度も押しつけ、コンラッドが低くささやく。

ぼんやりした意識の中で、フェリシアはこれでよかったのだろうか、と思う。

こんな形で彼と結婚するのは、ほんとうは大きな間違いではないのか――。

だが、再びきつく唇を重ねられると、もはや甘い痺れに身を任すだけで、何も考えられなくなってしまう。

フェリシアはコンラッドに身をあずけたまま、甘美な口づけに溺《おぼ》れていった――。

第一章　射貫かれた心

時は十九世紀末。

ヴィクトリアン文化華やかなりしロンドン。ウェリントン街には、イギリス最大規模のコヴェント・ガーデン市場があった。

そこには大小の露店が立ち並び、精肉、鮮魚、野菜、果物、布地、家具、日用品から文具や本、あらゆるものを売っていた。市場は常に、商人や買い物客で活気に溢《あふ》れている。

その市場の中央小路の端に、こぢんまりした花屋があった。

ひと一人が入るといっぱいになりそうな店舗だが、毎日客が引きも切らず、繁盛していた。特に男性客が多く、彼らのお目当てはそこの花売り娘にあったのだ。

「いらっしゃいませ、グレン男爵様。今日はどんな花をお探しですか？」

花売り娘のフェリシア・ビートンは、爽《さわ》やかな笑顔を浮かべた。

艶《つや》やかな蜜色の髪を無造作に束ね、ほっそりした身体をシンプルな紺色のドレスに包み、白いエプロンを腰に巻いただけの質素な姿だが、透き通った白い肌と輝く緑色の目をしたはっとするほどの美少女だ。

「う、うむ。ではそこのスミレを一束いただこうか」

気取った口髭《くちひげ》をひねりながら、グレン男爵は目元を染める。

「毎度ありがとうございます。五ペンスになります」

五十ペンス硬貨を差し出し、薄紙で包んだ花束を受け取った男爵は、咳払《せきばら》いした。

「あ、フェリシア。お釣りはいいから。取っておきたまえ」

エプロンのポケットからお釣りを出そうとしていたフェリシアは、一瞬躊躇《ちゅうちょ》したが、にっこりと微笑んだ。

「まあ、いつもありがとうございます」

「うむ。で——フェリシア、ピカデリー・サーカスに洒落《しゃれ》たカフェができたんだが、今度一緒にお茶でもどうかね？」

フェリシアは含羞《はにか》んだように頬を染めるが、キッパリと首を振る。

「ありがたいお誘いですけれど、病気の乳母のお世話をしないといけないので、遠慮させてください」

男爵はそれ以上ごり押しせず、うなずいた。

「そうか。ではまた寄らせてもらうよ」

「ぜひまたどうぞ」

すでに後ろで順番を待っていた別の紳士が、男爵と入れ違いに店に入ってくる。

「やあフェリシア。そこの水仙《すいせん》を五本ほどもらおうか」

「いつもお買い上げありがとうございます。ヘンダソン伯爵様」

フェリシアは並んでいる客たちを、てきぱきとさばいていく。

二年前の十六歳の時、初めて店に出たときは、緊張でろくに口もきけなかった。今は、愛想笑いも口説いてくる客をやんわりかわすのもうまくなった。

(頑張って働いて、早くビートン家の負債を返したい)

フェリシアの胸の奥は、健気《けなげ》な決意で満ちていた。


「ふう……」

昼前になり、やっと客足が鈍《にぶ》ってきた。

フェリシアは額の汗をハンカチで拭《ぬぐ》いながら、店先の木椅子に腰を下ろした。早朝の花の仕入れからずっと立ちっぱなしで働き、足が棒のようだ。疲れていたが、今日も花の売り上げは順調そうで、ほっと胸を撫《な》で下ろす。

(帰りに市場で、乳母のハンナの好物の、チョコレート味のファッジ〈キャラメルに似たお菓子〉を買っていこう)

そんなことを思っていると、ふと誰かの強い視線を感じた。

どきっとして顔を上げて、周囲を見回した。

大勢の人々が行き交う小路の向こうに、ひときわ目立つ長身の紳士が立っている。すらりとした肢体《したい》を、ひと目で特注とわかる高級なフロックコートに包んでいる。遠目でも眉目麗《びもくうるわ》しい男性だ。

その男が、まっすぐフェリシアを見ているのだ。

男性のあからさまな視線には慣れていたが、彼の眼差しは、フェリシアの胸の底まで射貫《いぬ》きそうなくらい強く印象的だ。

フェリシアは内心狼狽《ろうばい》しながらも、気づかぬ素振りで立ち上がり、水を張った木桶《きおけ》に挿《さ》した花の位置を直したりした。

背中に感じる男の視線が、だんだん強くなってくる。

「——花が欲しい」

ふいに背後から、深いバリトンの声で話しかけられた。

背骨からうなじにざわっと震《ふる》えが走るほど、艶っぽい声だ。

「は、はい……」

振り返ると、くだんのフロックコートの紳士が眼前に立っていた。

「っ——」

間近で彼の顔を見て、フェリシアは息が止まりそうになった。

彼は圧倒的な魅力と存在感があった。

歳の頃は四十前後と思われるが、皺《しわ》ひとつない美麗な顔をしている。さらさらした黒髪を綺麗《きれい》に撫でつけ、知的な額、眼光鋭い切れ長の青い目、高い鼻梁《びりょう》、意思の強そうな唇——ギリシアの彫像のような完璧な造形に、フェリシアは失礼を承知で見惚《みと》れてしまった。

(誰だったかしら——どこかでお顔を拝見しているような気がする……)

「薔薇《ばら》だ——赤い蕾《つぼみ》の薔薇が欲しい」

低音の美声は、ぞくりとするほど冷徹《れいてつ》に響く。フェリシアははっとして視線を逸《そ》らした。

「あの——申し訳ありません。今日は、赤い薔薇は入荷していないんです」

そう言っても、男はまだそこに立ったままだ。

「薔薇の蕾なら、ここにあるだろう」

ふいに男が手を上げ、長い指でまっすぐにフェリシアを指差した。フェリシアは、どきどきして指先を見つめた。

男の指に色気を感じたのは、生まれて初めてだ。

「あの——どういう……?」

「私はマクニール公爵だ。コンラッド・マクニール」

「マクニール公爵……? まさか——あのマクニール公爵!?」

男は黙ってうなずく。

フェリシアは声を呑《の》んだ。

マクニール家と言えば、ロンドンでも有数の富豪の名家であり、その上コンラッド・マクニールは著名な画家であった。

繊細で色鮮やかな風景画を得意とする彼の名声は、国内外にも響いていた。

フェリシアは市場で顔馴染みの肉屋から、売れ残りのベーコンの切れ端などを時々わけてもらうのだが、そのときに肉を包む新聞紙に、自分の作品と並んで写るコンラッド・マクニール公爵の写真を見たことがあったのだ。

「見てハンナ、なんてハンサムな紳士かしら。家柄もよくお金持ちで、容姿端麗で絵の才能もあるなんて、世の中にはこんなにも神様から愛された人が存在するのねえ」

油染みの浮いた新聞紙を丁寧に広げ、フェリシアはうっとりとため息をついたものだ。

その少しくしゃくしゃになった写真の部分を、フェリシアは切り取って自分のベッドサイドの壁に貼りつけていた。

マクニール公爵は、彼女の淡い憧《あこが》れの男性になったのだ。

切り抜きがすっかり黄ばんでしまっても、フェリシアは毎朝毎晩、写真の端整なマクニール公爵を眺《なが》めては、元気をもらっていたのだ。

「きみはまだ固い蕾だが、いずれ見事な大輪の花を咲かすだろう」

「あ、あの……どういう、意味ですか？」

フェリシアは脈動が速まるのを抑えることができない。

マクニール公爵は、ゆっくり手を下ろした。

「私のことはご存知のようだね」

「は、はい……有名な画家の方でしょう？」

「ならば、話は早い。きみをモデルに、絵を描きたい」

「私を……？」

フェリシアは呆然《ぼうぜん》とした。

市場の一介の花売り娘などを、モデルにスカウトするなんて——。返事に窮《きゅう》していると、マクニール公爵が一歩前に近づいてきた。彼が身に纏《まと》っている南国の花の香りのような香水と、高級なシガーの香りが混じった濃厚な空気が鼻腔《びこう》を満たし、フェリシアはくらくらしてしまう。

「この目」

すっと長い指先が瞼《まぶた》に触れた。

ひんやりした指の感触に、フェリシアは魔法にでもかかったように身動きできなかった。ただ、心拍数だけがばくばく上がっていく。

指先がつつーっと下りてくる。指の動きだけで、なぜだか背中が甘く震えた。

「この鼻、頬、唇、顎、首筋——そして」

指先が肩甲骨《けんこうこつ》から胸の膨《ふく》らみをなぞろうとしたので、フェリシアははっとして身を引いた。

マクニール公爵は指を宙に浮かせたまま、かすかに微笑んだ。獲物を見つけた獣のような、野性味を帯びた笑みだ。

「完璧だ。完璧な美というものを、私は久しぶりに見た――描きたい。きみを描きたい」

「あ……わ、たし……」

まるで情熱的に口説かれているような気持ちになり。フェリシアは動揺し、同時に胸の奥がじんと熱くなった。

「もし承諾してくれるなら、日当は十ポンド払う。食事も出す」

「じゅ、十ポンド!?」

それは花屋のひと月の売り上げだ。

法外な申し出に、フェリシアは即答できない。

「もしその気になったら、パル・マル街の私の屋敷にいつでも訪ねてきたまえ。通行人にマクニール家と聞けば、すぐわかる」

そう言うや否《いな》や、マクニール公爵はくるりと踵《きびす》を返した。

「あ、待っ……」

突き放されたような気になり、フェリシアは思わず声を出した。

肩越しに振り返ったマクニール公爵は、端麗な顔に婀娜《あだ》っぽい笑みを浮かべた。ただ、そのサファイアのような目は、冷徹で笑っていない。フェリシアの反応を冷静に観察しているようだ。

「きみはきっと来るよ」

前に向き直ると、そのまま彼は泳ぐような足取りで人混みを抜けていってしまった。

「――」

彼が姿を消しても、フェリシアは魂が抜けたようにぼんやり立っていた。

まだ心臓が早鐘を打っていた。

瞼や頬に、マクニール公爵の指先の感触が残っている。

自分の周囲に、男の野性味を帯びた香りがいつまでも漂《ただよ》っている気がした。

(あんな魅力的な男性、見たことがない――新聞で拝見して、ずっと憧れていた方が目の前に現れるなんて……)

まるで白昼夢でも見ていたようだ。

「花屋さん、そこの赤いチューリップを十本くださらない?」

女性の客に声をかけられ、フェリシアはやっと我に返った。

「あ、はい。承知しました」

慌《あわ》てて立ち働きながら、フェリシアは心の中でマクニール公爵の面影がどんどん膨れてくるのを抑えることができなかった。

夕刻になった。

店を閉めたフェリシアは、リージェント街の自分の屋敷に戻ってきた。

時代がかった大きな屋敷だが、手入れができないままなので、屋根は傾《かたむ》き壁も塀《へい》もあちこち崩れ、傷《いた》みが激しい。軋《きし》む扉を開けて、薄暗い屋敷の中に入る。使用人は一人もいないので、がらんとした屋敷の中は埃《ほこり》っぽかった。

玄関ロビーからすぐの居間のソファの上で、痩《や》せた初老の女性が気怠《けだる》そうに横たわっていた。乳母のハンナだ。

「ただいま、ハンナ。気分はどう？」

フェリシアはランプに火を入れながら、気遣わしげに声をかける。

「ああ——お嬢様。お帰りなさいまし」

ハンナがゆっくりと身を起こそうとした。

「いいのよ、ハンナ、寝ていて。今すぐに温かいスープを作るわ。それまで、好物のファッジでも食べて——」

ソファに近寄り、ハンナの肩から滑り落ちたショールを掛け直してやりながら、フェリシアはっと気がついた。

マクニール公爵の唐突な申し出に動揺して、うっかり買い物をしてくるのを忘れていたのだ。

「ごめんなさい。今度ちゃんと美味しいファッジを買って帰るから」

ハンナが首を振る。

「いいえ、家のことも私の世話まで、お嬢様に何もかも押しつけて。ハンナは申し訳なくてたまりません。世が世なら、お嬢様は蝶《ちょう》よ花よと育てられ、立派な伯爵令嬢になられていたはずなのに――」

ハンナが涙声になり、絶句する。

「何を言うの。小さい時に両親を亡くした私を、親代わりに育ててくれて、お前には心から感謝しているのよ」

フェリシアは震えるハンナの背中を優しく擦《さす》った。

「さあ、すぐに夕食の用意をするわ」

彼女はことさら明るい声で言った。


夜半過ぎ。

居間に続く小さな客間が、フェリシアの部屋になっていた。

広い屋敷には幾つも部屋があるが、現状は掃除もままならない。いつも居間のソファベッドに休むハンナの容態を気遣い、二階の自分の部屋を片付けて、こちらに移ったのだ。

寝間着に着替えたフェリシアは、ベッドに腰を下ろし、昼間のことをぼんやりと思い出していた。

（写真より、ずっとずっと若々しくてお美しい方だった）

フェリシアは深いため息をつき、枕元の壁に貼りつけてある新聞の切り抜きに目をやった。

『イギリス美術界の寵児《ちょうじ》！　コンラッド・マクニール公爵に芸術について聞く！』

そこには自作の風景画を手にし、少し挑むような視線でこちらを見ているマクニール公爵の写真が載っている。記者のインタビューに、彼が答える形の記事だ。

『私は風景画が専門だ。人間はけっして描かない。内面の美醜《びしゅう》が剥《む》き出しになる肖像画は好まない。汚れない自然だけを、これからも描いていきたい』

フェリシアは記事を何度も読み直す。

（人間は描かないと言っているのに、なぜ私に絵のモデルを頼んだのかしら……）

考えれば考えるほど、マクニール公爵の申し出に釈然《しゃくぜん》としない。

（日当だって法外な金額だったし――きっと裕福な公爵様が、貧しい花売り娘を、からかってみただけなんだわ）

そう自分に言い聞かせた。

フェリシアは幼い頃から、人生に期待するということがなかった。

ビートン家は、由緒ある伯爵家であった。

だが、先々代からの浪費が重なり、両親の代ではほとんど破産しかけていた。それでも、フェリシアは両親の愛情に包まれ、慎《つつ》ましくも幸せな日々を送っていた。

だが、不慮の鉄道事故で両親が亡くなり、わずか五歳でフェリシアは天涯孤独になってしまった。親類縁者は膨大《ぼうだい》な負債を抱えるビートン家に、救いの手を差し伸べてはくれなかった。

給料が滞《とどこお》り、使用人たちは次々に辞めてしまい、フェリシアの乳母だったハンナだけが一人残り、貧しい中をやりくりして幼いフェリシアを育ててくれたのだ。

もの心つくようになると、フェリシアは市場の花屋の手伝いをして、日銭を稼ぐようになった。心臓が弱く病弱なハンナのために、少しでも力になりたかったのだ。健気に勤勉に働くフェリシアに、やがて店主が心づくしで、小さな店舗を任せてくれるようになった。

フェリシアは、毎日必死で働いた。

長年ビートン家と懇意《こんい》だった銀行が、負債の返済を緩やかにしてくれたので、毎月こつこつと利子から返している。

(いつか、もっと大きなお店を持って、早く負債を返し終えたい。そうして——ハンナをよいお医者に診《み》せてあげたい)

それが、今のフェリシアの唯一の願いだ。

そのために、質素な生活に甘んじ、誘ってくる男性には目もくれずに、ひたすら生真面目に働いてきた。

花も恥じらう十八歳の彼女は、お洒落にも恋にも興味がなかった。いや、そうであるようにと自分を律していた。

ただ——。

新聞記事に載っていたマクニール公爵にだけは、甘酸《あまず》っぱい憧憬《しょうけい》を抱いていたのだ。

今日、その本人に遭遇し、それだけでもフェリシアは天にも昇る気持ちだった。

(たとえ気まぐれに声をかけてくれたのだとしても、本物のマクニール公爵様にお会いできて、今日はとてもいい日だったわ)

明日も花の仕入れて早起きするので、早々にベッドに潜《もぐ》り込んだが、なかなか寝つけなかった。

マクニール公爵の指先の感触が、頬や顎や首筋に、まだひりひりするほど灼《や》きついている。下肢に響くような低音の悩ましい声、むせるような香水とシガーの香り、胸の奥底まで見通されてしまいそうな青い目——彼の何を思い出しても、心臓が高鳴る。

フェリシアは夜更けまで悶々《もんもん》としていた。


翌日。

いつにもまして店は繁盛し、午後早くには仕入れた花をすっかり売り尽くしてしまった。

「なんだかここのところ、いいことばかり続くわ」

フェリシアは上機嫌で「本日は閉店しました」と、店の扉に札を掛けた。

「さあ、時間が余ってしまったわ。どうしようかしら……」

今日はハンナはかかりつけの町病院に行っていて、まだ帰宅していないだろう。

(少し、散歩でもして帰ろう)

そう考え、ぶらぶらとテムズ河沿いの道を歩いていた。

と、十字路まで来て、ふと標識に目が行く。

(ここを右に曲がるとパル・マル街に出る……)

昨日のマクニール公爵の面影が頭に浮かび、にわかに心臓が高鳴る。

(ちょっとだけ——ちょっとマクニール公爵のお屋敷がどんなだか、見てくるだけ……)

そう自分に言い聞かせ、右に道を曲がった。

「マクニール公爵殿のお屋敷なら、この道をまっすぐ行くと右手に見える、古風なお城風の建物ですよ、レディ」

パル・マル街の通行人に尋《たず》ねると、すぐに道を教えてくれた。

フェリシアはどきどきしながら、マクニール公爵の屋敷を目指した。

言われた建物はすぐにわかった。尖塔が三つもある中世風の古城を模《も》した、重厚なタウンハウスだ。

建物はクラシカルだが、手入れが行き届いていて、高級住宅ばかり並ぶパル・マル街でも、群を抜いて立派な屋敷だ。

「……」

予想以上に豪華な屋敷を目の前にし、フェリシアを気圧《けお》されて立ちすくんだ。気安く来てみたものの、簡素な紺のドレスに無造作に束ねた髪型の自分は、いかにも貧しく場違いだ。

(やだ私ったら――好奇心にかられて、のこのこと……)

広いアプローチの前で、思わず踵を返しそうになった。

と、まるでそれを待ち受けていたかのように、重々しい樫《かし》の扉がゆっくり開いた。

「もしや――あなた様は、フェリシア・ビートン様でございますか?」

姿を現した白髪で片眼鏡の執事長らしい品のある老人が、声をかけてくる。

「あ、はい。そうです――」

名乗る前に名前を呼ばれ、フェリシアは戸惑《とまど》いながら答える。執事長は、一歩下がって彼女を招き入れる。

「どうぞ――ご主人様がずっとお待ちかねでございましたよ」

「え――?」

ぽかんとしている彼女を、執事長が手で促《うなが》した。

「さあどうぞ」

おそるおそる屋敷の中へ足を踏み入れた。

広い玄関ホールは、ドーム状の吹き抜けのステンドグラス張りの天井になっていて、まるで聖堂の中のような荘厳な雰囲気だ。あちこちにバロック時代の彫刻品が整然と飾られている。あまりの豪華さに、フェリシアは呆然と高い天井を見上げた。

「こちらへ――ご主人様はただいまアトリエにおられます」

執事長に導かれ、天国を描いた壁画に囲まれた大広間を抜け、長い廊下を進んでいく。廊下の両壁面にも、無数の絵画が飾られている。どれもこれも見事な絵ばかりで、ひと目で有名な画家の手によるものだとわかる。

「お入りください――」

執事長が突き当たりの扉を開け、フェリシアを招き入れた。

中へ入ると、後ろで静かに扉が閉まる。

フェリシアはアトリエを見回し、目を見開いた。

広々としたアトリエはたっぷり採光できるよう、天井は一面ガラス張りで明るい。大小のキャンバスが無数に置かれ、描きかけであったり完成したそれらは、風景画ばかりだ。部屋の中は、油絵の具とテレピン油の少し刺激的な独特の香りに満ちていた。

そしてアトリエの一隅に、人の背の倍もありそうな大きなキャンバスを置いて、こちらに横顔を向けるような形で、マクニール公爵がパレットを片手に筆を動かしていた。

先日の一分も隙もない服装と違い、絹のシャツの袖《そで》を捲《まく》り上げ前釦《まえボタン》をいくつか外し、細身の黒いトラウザーズというラフな格好だ。引き締まった腕や胸が覗《のぞ》き、前髪が額に垂《た》れかかって、ひどく男臭く野性味に富んでいる。

その端整な横顔は、恐ろしいほど真剣にキャンバスに集中している。こちらにはまったく目を向けないほど、絵の世界に没頭しているように見える。

フェリシアはその厳しく迫力ある姿に、しばらく声をかけることができずに立ち尽くしていた。そして、そこに立っている彼の姿だけで一幅《いっぷく》の絵のように美しいと思い、見惚れてしまっていた。

「——やはり、来たね」

突然、顔をキャンバスに向けたまま、マクニール公爵が声をかけてきた。

フェリシアはどきんとして、慌てて視線を逸らした。彼はフェリシアに気がついていたのだ。

「マクニール公爵様、わ、私……」

「コンラッド、でいい」

コンラッドは側《そば》の小卓の上にパレットと筆を置くと、布で両手を拭《ふ》き取り、くるりとこちらを向いた。

かすかに口の端を上げたその顔は、落ち着いた大人の貫禄《かんろく》に溢れている。うつむいていても、彼の射るように鋭い視線を全身に感じた。

「では早速、そこの台の上に立ちたまえ」

コンラッドがアトリエの中央に設《しつら》えてある、一段高い円形の台を指差した。

「え？」

フェリシアがどぎまぎすると、コンラッドは少し強い口調になる。

「絵のモデルだ。そのつもりで来たのだろう？」

フェリシアは慌てて言い訳しようとした。

「いいえ、私はたまたま通りがかっただけで……」

「早くしたまえ。日が傾いてしまう」

ぴしりと言われ、思わず身体が動いてしまった。

台の上に立ち、どうしていいかわからず途方に暮れる。

「背筋を伸ばし、顎を引くんだ」

スケッチブックと鉛筆を手にしたコンラッドが、目の前に立つ。フェリシアが慌てて姿勢を正すや否や、彼はかすかな音を立てて鉛筆を走らせ始めた。

フェリシアは緊張しきって、息を詰めてしまう。

あっという間にデッサンし終えたのか、コンラッドはスケッチブックを新しく捲《めく》りながら、自分の立ち位置を変える。少し斜め横から、強い彼の視線を感じた。

「表情が固いな。それでは葬式の参列者のようだ」

コンラッドが皮肉めいた口調で言う。

「だ、だって……私はモデルになんか……」

「黙って」

まるで飼い犬に命令するように言われ、フェリシアはびくりと口を閉じた。

コンラッドは何度も位置を変えながら、一心にフェリシアを素描《そびょう》していく。

さらさらという鉛筆の走る音だけが広いアトリエに響き、獲物を狙う獣のように獰猛《どうもう》なコンラッドの視線が、全身に突き刺さる。

じっとしていると、緊張と慄《おのの》きで、フェリシアは目眩《めまい》がしそうだ。それと同時に、胸が甘く掻き乱される。憧れの男性が、まっすぐ自分だけを見つめているという状況に、身体の血が熱く沸き上がってくる。

「少し、首を曲げて」

ふいに声をかけられどうしていいかわからずにいると、コンラッドの長い腕が伸びてきたかと思うと、うなじをやんわりと摑まれ、軽くひねられる。

「こうだ」

「あっ」

刹那《せつな》、不可思議な甘い痺《しび》れが、彼に触れられたうなじから背中に抜け、思わず声が漏れてしまった。

「首が、感じやすいのか？」

まだうなじを摑んだまま、コンラッドがひどく愉《たの》しげに言う。そして、しなやかな長い小指が、つつーっとフェリシアの耳朶《じだ》の後ろから首筋をなぞった。

「あ、ぁ、やめて……ください」

ぞわっと怖気《おぞけ》にも似た妖しい感覚に、フェリシアは身を捩《よじ》った。

「そのまま――いい表情だ」

魅惑的な低い声で言われると、どうしてか逆らえない。フェリシアはかすかに息を弾ませながら、動きを止める。コンラッドが手を離し、再び鉛筆を走らせた。

「うん――これはどうだね？」

コンラッドは描き終えたページを破り取ると、フェリシアの方にかざして見せた。

「っ――これが……私？」

そこには、シンプルだが流れるような線で描かれたフェリシアの横顔があった。儚《はかな》げで不安げで、しかし気品に富んだ繊細な美で溢れている。今まで鏡で見ていた自分とは、同じ人間と思えないほど魅力的だ。

「素晴らしいです――本物の私よりずっと」

そう感嘆すると、コンラッドは真摯《しんし》な眼差しでフェリシアを見た。

「これが真実のきみだ――きみは自分のことを何もわかっていないようだね。ほんとうのきみは、美しく気高く誰よりも誇り高い乙女だ」

何もかも見透かしたように言われ、フェリシアは思わずかっと頬を染めた。

「からかわないでください。私はただの花売り娘です」

コンラッドが皮肉めいた笑いを浮かべる。

「だが、その現状に満足はしていない――そうだろう？」

猫が鼠《ねずみ》をいたぶるような口調に、フェリシアはいたたまれない気持ちになって顔を背《そむ》けた。

落ちぶれた伯爵家の娘として、慎ましく何もかも諦めて生きてきたはずなのに、心のどこかに潜《ひそ》んでいる鬱積《うっせき》した気持ちを、この男はひと目で見抜いてしまったのだ。到底、大人の男である彼にはかなわない。だが、フェリシアは気丈に言い返した。

「私の気持ちなど、絵のモデルとなんの関係もないと思います」

コンラッドは深みのある青い目をしばたたいた。それから彼はにやりとして、フェリシアの耳元に口を寄せてきた。

「なるほど、なかなか負けん気の強いご令嬢だ」

彼の熱い息が耳孔《じこう》に吹きかかり、フェリシアはびくりと肩をすくめた。次の瞬間、何か熱い柔らかいものが耳朶に押しつけられた。

「え？　あ、あぁっ？」

今まで感じたことのない淫らな感覚に、思わず艶《なまめ》かしい声が漏れた。やっと、耳朶に口づけをされているのだと気がついた。

「な、何をするの……ぁ、あ」

身を捩る前に、逞《たくま》しい両腕に強く抱きすくめられてしまう。シャツ越しに彼の引き締まった筋肉を感じ、全身が戦慄《わなな》いた。

「離して……っ、あっ」

コンラッドはそのまま、耳朶や耳の後ろや首筋を、唇で撫でるように触れてくる。彼の唇が触れた部分の肌がかあっと灼けつくように熱くなり、妖しい快感が下肢に走り抜けていく。

「やめて……やぁ、だめ……ぁあ」

みるみる身体から力が抜けてしまう。

「はしたない声を上げて――きみは自分が思っている以上に、淫らな身体をしているのだよ」

心臓を擦り上げるような低音でささやかれ、フェリシアはくらくら目眩がしてきた。

「ちが……そんな……あぁ、あ」

突如、ぬるりと首筋を熱い舌で舐め上げられ、びくんと腰が跳ねた。

「きゃ……あ、やあっ」

その刹那、身体の深いところで何かがとろりと甘く蕩《とろ》け、下腹部がじんと疼《うず》くのを感じた。

巧みな舌が、ちろちろと耳元の後ろから耳殻《じかく》、耳孔を這《は》い回る。鼓膜に響くぬちゅぬちゅという淫らな水音に、羞恥で気が遠くなりそうだ。

それなのに、恐れと裏腹の妖しい期待が全身を熱く震えさせる。下腹部の奥の妖しいざわつきがどんどん強くなり、いたたまれず腰をもじつかせてしまう。

(キスされる――!?)

存分に耳孔を舐《ねぶ》ると、コンラッドは火照ったフェリシアの頬から口元に唇を下ろしてきた。

息を詰めて身を強ばらせると、ふいにふわりと両腕が解かれ、フェリシアはその場によろめいた。

「あ――」

突き放されて、フェリシアは呆然と立ちすくむ。

「今日はここまでだ――また今度、できれば日の高い時間においで」

コンラッドは、そのまま描きかけのキャンバスの前に戻っていく。

フェリシアはどっと全身から汗が噴き出し、同時に、からかわれたのだと怒りが込み上げてきた。

「ば、ばかにしないでください! こ、こんな、こんないやらしいこと……っ、ひどいわ」

コンラッドは、平然とした態度でこちらを振り向いた。

「なんだ、物足りなかったかな? キスして欲しいと、その顔に書いてある」

フェリシアは屈辱《くつじょく》で、顔から火が噴き出すかと思った。

「し、失礼な！　あなたは紳士じゃないわ！」

声を荒くすると、コンラッドは余裕の笑みを浮かべる。

「そして、きみも淑女《しゅくじょ》とは言いがたいな。先ほどの敏感な反応からするとね」

「っ――」

悔し涙が溢れてくる。フェリシアの内心を見透かしたような悠然とした相手の態度に、恐ろしいのに魅了されている自分を感じ、ますます狼狽《うろた》えてしまう。

「お邪魔しました――」

憤然《ふんぜん》としてアトリエを出て行こうとすると、コンラッドが声をかけてきた。

「私はきみがとても気に入った。きみを描きたい――また来るがいい」

(モデルとして、気に入ったということなのね――)

そう思うとひどく胸が痛み、戸口でフェリシアは振り返って言い放つ。

「もう二度とお伺《うかが》いしません！」

するとコンラッドは、見たこともない極上の笑顔で微笑んだ。

「待っている」

その笑顔に心臓を抉《えぐ》られそうなほど引き込まれ、フェリシアは足がすくんでしまった。床から引き剝《は》がすように足を踏み出す。

背中にコンラッドの熱い視線を感じながら、振り返らずそのまま大広間を抜けて、玄関ホールまで走った。

扉口に立っていた先ほどの執事長が、フェリシアにマクニール家の紋様入りの封筒を差し出した。

「ご令嬢、本日の報酬でございます」

フェリシアは目もくれず、

「けっこうです！」

と言い放ち、自分で扉を開けて通りに飛び出した。

無我夢中で半マイル（約八百メートル）ほども歩いてから、やっと我に返り、通りの高い給水塔によりかかって、息を整えた。しかし、胸の動悸《どうき》はなかなかおさまらない。

先ほどコンラッドに仕掛けられた、甘く淫らな口唇愛撫《こうしんあいぶ》の感覚がありありと蘇《よみがえ》り、全身の血がざわめいた。

（いやだ私ったら……）

コンラッドの大人の手管《てくだ》に惑わされた自分が口惜しい。だが、甘い罠《わな》のように彼の腕に捕らわれた時、胸が高鳴ってしまったのも事実だ。

（あの人は危険だわ――もう二度と近づかないわ）

強く自分に言い聞かせ、フェリシアは自宅への道を辿《たど》った。

第二章　契約の結婚

その後数日過ぎたが、フェリシアの店にコンラッドが姿を現すことはなかった。

(私にかまったのは、やっぱり、裕福な公爵様の気まぐれだったんだわ……)

ほっとしたような何か物足りないような複雑な気持ちを抱えたまま、その日も店を開けていたフェリシアの許に、突如、堅苦しいスーツ姿の二人連れの男がやってきた。

「失礼ですが、ビートン伯爵令嬢であられますか」

革のカバンを提《さ》げた口髭《くちひげ》の男が、丁重だが抑揚《よくよう》のない声で言う。

「あ、はい。私がフェリシア・ビートンです」

何事だろうと怪訝《けげん》な顔で答える。

「私どもは、ロンドン中央銀行の貸し付け係の者です。誠に申し訳ありませんが、次回の返済から、金額を倍増させていただきたく、勧告にまいりました」

「えっ!?　なんですって!?」

フェリシアは我が耳を疑った。

貸し付け係の男は事務的に続けた。

「元々、先の店長とビートン家が懇意でしたので、緩い返済で済ませていたのですが、このたび店長が異動になりまして、今後は返済は厳しく取り立てよ、との新店長の命令なのです」

「そ、そんな……いきなり……！」

今の返済額でもぎりぎりだったのだ。突然倍額を返せといわれても、店の売り上げが急に伸びることなどあり得ない。

「あの、お願いです。今度の店長さんにお話しさせてください。ビートン家は代々そちらの銀行と取引していて、馴染《なじ》み客のはずですし……」

フェリシアは必死になって懇願した。

だが、貸し付け係の男は、

「お気の毒ですが、レディ。あなた一人を大目に見るわけにはいきません。銀行の方針なのです」

と、にべもない返事だ。

「そんな……もし返済できなかったら、どうなるんです？」

貸し付け係の男は、カバンから一枚の書類を取り出し、フェリシアに押しつけるように渡した。

「返済を滞《とどこお》ったひと月後より、そちらの家屋敷など金目になりそうなものを、差し押さえ、競売にかけることになります。詳細はここに記してあります」

「なっ――」

フェリシアはあまりのショックで声を失った。

あの屋敷を追い出されたら、病気の乳母と路頭に迷ってしまう。

呆然《ぼうぜん》と立ち尽くしている彼女を尻目に、銀行の男たちは仕事は済ませたとばかりに一礼し、さっさとその場を去ろうとする。

「ま、待って……お願い、どうか、お慈悲《じひ》を……！」

フェリシアは弱々しく声をかけたが、彼らは聞こえぬ素振りで立ち去ってしまった。

「ああ……なんてこと！　どうしたらいいの!?」

フェリシアはへなへなとその場に頽《くずお》れた。

急に稼ぎを倍増する手だてなどない。

このままでは、負債を返せないで家屋敷を取り上げられるだけだ。

若い自分はともかく、ここのところめっきり心臓が弱ってきたハンナは、屋敷を追い出されることに到底耐えられないだろう。

フェリシアはしばらく頭を抱えてうずくまっていた。何か手だてはないか、必死で頭を巡らせた。

（待っている）

脳裏に、自信に満ちた笑みを浮かべたコンラッドの顔が浮かび上がる。

(だめだめ――あんなきっぱり断って飛び出してきたのに……今さら)

何度も首を振ったが、他に何も手だてが思い浮かばない。

やがて、フェリシアはのろのろと顔を上げた。

(こうなったら、わずかな希望でも、それに縋《すが》ってみよう)

フェリシアは急いで花を入れた木桶を店内に片付け、扉を閉めて張り紙をした。

「誠に申し訳ありませんが、本日はお休みいたします」

扉に鍵をかけると、決意に満ちた表情で歩き出した。


フェリシアは、パル・マル街のマクニール家の屋敷の前に立っていた。

相変わらず威風堂々とした建物の迫力に、尻込みしそうになる。

(だめ元で来たんだもの、しっかりするのよフェリシア)

自分を懸命に鼓舞し、玄関前のアプローチで何度か深呼吸すると、思いきってドアノッカーを叩いた。

すぐに、先日応対に出た初老の執事長が扉を開けた。

「フェリシア・ビートンです。あの――公爵様にお目通り願えますか?」

執事長はにこやかにうなずいた。

「無論です。あなた様がご来訪なされたら、何があっても最優先で招き入れるよう、主人から言いつかっております」

「え？」

「さ、どうぞ」

執事長に導かれ、フェリシアは玄関ロビーに面した複雑なデザインの螺旋《らせん》階段を上っていった。壁面に一面、コンラッドが自ら筆を振るったらしい、柔らかで美しい春の風景が描かれている。

（傲慢《ごうまん》な王様みたいな態度の彼だけど、描く絵はどれも心が癒される豊かなものばかりだわ——もしかしたら、ほんとうは優しい人なのかもしれない）

壁画を眺めながら、フェリシアはコンラッドに甘い期待を持った。

「こちらの部屋が書斎になっておりまして、主人は今そこで調べ物をしております。どうぞそのままお入りください」

執事長は、階段を上がりきってすぐの胡桃《くるみ》材の扉を開けた。

「——失礼します」

フェリシアは控え目に声をかけ、そっと書斎に入った。

一面蔵書がぎっしり並べられた書架に囲まれ、絹のシャツにアイリッシュチェック模様のベスト、ぴったりしたダークグレーのトラウザーズ姿のコンラッドが、一冊の本を広げて立っていた。少し伏し目がちになっている端整な顔に長い睫毛《まつげ》が影を落とし、その濃淡が彼をますます美麗に見せている。

コンラッドが素知らぬ振りで本を眺めているので、フェリシアはもじもじしながら歩み寄った。

「マクニール公爵様」

遠慮がちに声をかけると、ぱたんとコンラッドが本を閉じた。その鋭い音に、フェリシアはびくりと肩をすくめた。

「コンラッドと呼べと、言ったはずだ」

深い低音の彼の声を聞いたとたん、フェリシアの胸の脈動は速まる。

コンラッドはゆっくり顔を振り向け、満足そうな笑みを浮かべる。

「やっと——来たね」

すっと彼が手を伸ばし、頬に触れてきた。ひんやりした指先の感触に、ぞくんと身体の芯が震《ふる》える。

「私に会いたかったろう？」

フェリシアは気圧されないようにと自分を鼓舞《こぶ》しながら、なるべく平静を装って言った。

「あの——コンラッド様。私、今日はお願いがあってまいりました」

「ほお。ほかでもない、私の芸術の女神《ミューズ》の頼み事なら、聞かないでもない」

またからかっているのだろうかと、相手の表情を窺《うかが》ったが、コンラッドは真剣にこちらを見ている。フェリシアは息をひとつ深く吸って、切り出した。

「私、あなたの絵のモデルになります」

コンラッドは無言でこちらを凝視する。フェリシアは一気呵成《いっきかせい》に言葉を続けた。

「ですから、どうか――まとまったお金を貸していただきたいのです！　どうか、お願いです！」

言い終えると深々と頭を下げた。

返事はなく、沈黙が辺りを支配した。

フェリシアはずいぶん長い間頭を下げていたが、とうとう息苦しさに耐えきれず、そろそろと顔を上げコンラッドを見た。

コンラッドは軽く腕組みし、書架にもたれていた。そんなさりげないポーズも様になっていて、こんな切羽詰《せっぱつ》まった状況でなければ、見惚《みと》れてしまいそうだ。

「それは――ビートン家の負債分を、貸してくれということかな」

「っ――！」

いつの間にか彼は、フェリシアの家庭事情を調べ上げていたのか。恥辱に頰を染めると、コンラッドが勝ち誇った口調で言う。

「惹《ひ》かれた女性のことを何もかも知りたいと思うのは、男の本能だ」

言葉は傲慢だが魅力的な低音の声に、フェリシアは心が掻《か》き乱されそうになる。

「お恥ずかしいですけれど、その通りです――来月分の返済を滞ると、家屋敷を奪われ、病気の乳母と路頭に迷ってしまうのです」

事情がばれてしまったからには、もはや恥も外聞もなかった。

「どうか――」

「きみの家の負債額は相当なものだ。きみが半生かけて私の絵のモデルにでもならない限り、返し終えられないのではないかね？」

フェリシアはうつむいて唇を噛む。

「それでも――かまいません」

「――そうか、わかった。顔を上げたまえ、レディ・フェリシア」

そっと顔を上げると、射るような眼差しのコンラッドと視線が絡む。その強い目の光に、身体が硬直する。

「今すぐ、きみの負債を全額返済しよう」

「えっ!?」

フェリシアは目を丸くした。

一瞬彼女の表情が喜びに緩《ゆる》んだのを見透かすように、コンラッドは言いつのる。

「その代わり、私と結婚するんだ」

「け、結婚――!?」

唐突に何を言い出すのだろう。

フェリシアは愕然《がくぜん》として声を失う。

呆然としている彼女に、コンラッドは腕を解いてゆったりと近づいてくる。

「そうだ。きみが人生を差し出して私のモデルをするというのなら、結婚した方が話が早い。私はきみを独り占めしたい」

フェリシアは彼の無茶な申し出に、声を振り絞って反論した。

「そ、そんな……モデルになるのと結婚するのは、人生の賭《か》け方がまったく違います!」

コンラッドが歩み寄ってくるので、フェリシアは思わず後ずさりした。コンラッドは獲物を喰《く》らう前の狼のような獰猛な眼差しで見据《みす》えたまま、フェリシアを書架の隅に追いつめる。

背中に固い書架が当たり、立ちすくむフェリシアの前に立ちふさがり、コンラッドは彼女の両脇に腕を突いた。

彼の腕に囲まれるようにされ、逃げ場を失ったフェリシアは、心臓が喉元まで跳ね上がりそうなほど緊張する。

「では、取引しよう。私はわけあって独身主義なのだが、名門マクニール家には跡継ぎが必要だ。私はきみを気に入っている。きみを描きたいという、突き上げる芸術欲を満たしたい。負債を完済する代わりに、私と結婚し絵のモデルになり子どもを成すまで、きみは私のものになる――跡継ぎが生まれた後は、きみは自由だ。どうだね？」

芳《かぐわ》しい息が頬を擽りそうなほど、コンラッドが顔を寄せてささやく。フェリシアは息苦しさと興奮で、気が遠くなりそうだ。

「い、いくらコンラッド様が跡継ぎが欲しいからって――そんな罰当たりな行為……できっこないです」

「そうかな？　きみも私のことを憎からず思っているのではないか？」

彼の視線や言葉は、まるで催眠術のようにフェリシアの心を操る。フェリシアは必死にそれに抗《あらが》おうとした。

「そんなの……違います。お金と結婚を引き換えにするなんて――結婚って、愛し合う者同士が、生涯をかけて共に生きる決意を神様の前で誓うことで……」

ふいにコンラッドがくくっと苦笑いする。

「きみは――ほんとうに子どもだな。世の中には、金目当てで結婚する男女など、掃《は》いて捨てるほどいるというのに」

真剣な気持ちを軽くあしらわれたようで、フェリシアは悔《くや》しくて目に涙を浮かべる。

お金は欲しい――負債を返したい。

でも、こんな結婚は間違っている。期間限定の結婚なんて、あり得ない。ましてや相手がコンラッドなら、なおさらだ。

(だって——私ははじめからこの方にどうしようもなく魅了されているのに……こんな汚い取引結婚なんか、したくない)

目尻から溢《あふ》れた涙が、つつーっと頰を伝った。

ふいに、コンラッドの熱い唇が押しつけられ、その涙を啜《すす》った。

「あ——」

フェリシアの全身に妖しい震えが走る。

「きみに拒否権はない。承諾するしか、きみの家を救う術《すべ》はない」

コンラッドが子どもに言い聞かすように、ゆっくりとささやく。

「や……」

「イエスと言うんだ」

彼の深い青い目が視界いっぱいになった。

刹那《せつな》、しっとりと唇を覆われていた。

「んっ、ん？」

一瞬、フェリシアは何をされているのかわからなかった。

コンラッドが唇を合わせたままゆっくり顔を動かして、撫《な》でるように口づけを仕掛けてくる。

その官能的な動きに、甘い愉悦《ゆえつ》が背中を走り抜けた。思わず息を止め、身体を強ばらせぎゆっと目を閉じてしまう。

「ふ……んぅ、ん……」

繰り返し唇を擦られ、頭の中がぼんやりしてしまう。ふいに、ぬるりと熱い舌が口唇《こうしん》をなぞり、はっと息を吐いた。開いた唇から、その舌がするりと忍び込んできた。

「んゃ、う、ふぅ……っ」

生まれて初めての深い口づけに、フェリシアは驚いて目を見開いた。

男の舌は歯列をなぞり口蓋《こうがい》を舐《な》め回し、怯《おび》えて縮こまるフェリシアの舌をきつく搦《から》め捕《と》った。

「んんぅ、んんんっ」

未知の甘い痺《しび》れが全身を駆け抜け、フェリシアは頭が真っ白になった。本能的な恐怖から顔を背けようとすると、やにわに細い両手首を摑まれ、体重をかけるようにして書架に押しつけられ、身動きもできなくなった。

さらに何度も強く舌を吸い上げられると、その淫靡《いんび》な心地好さに身体の力がみるみる抜けていく。

「く……ふぅ、う、は……や……んんぅ」

額を擽《くすぐ》るさらさらした黒髪の感触、芳しい香水とシガーの香り、口腔《こうこう》を貪《むさぼ》る雄々しい舌の淫《みだ》らな動き——そのすべてに酔ったように気持ちがふわふわし、フェリシアはただ大人の口

づけを甘受《かんじゅ》するだけになる。

「あふ……あぁ、んん、は、ふぁ……」

気が遠くなり足ががくがく震え、コンラッドに押さえ込まれていなければ、その場に頽れてしまったろう。

やがて息も絶え絶えになってフェリシアがぐったりすると、コンラッドはやっと唇を解放してくれた。彼の濡れた唇が離れると、唾液《だえき》の銀の糸が長く尾を引いた。

「……はぁ、は、はぁ……ぁ」

フェリシアは朦朧《もうろう》とした目で、ぼんやりとコンラッドを見上げた。彼の青い目が妖しく濡れている。

「私は欲しいものはなんとしても手に入れる」

傲慢なせりふなのに、フェリシアはきゅんと心臓が高鳴ってしまう。

「さあ、イエスと——」

彼は高い鼻梁《びりょう》でフェリシアの鼻先をあやすように撫でた。その固い感触にすら、骨抜きになるほど感じてしまう。

「やめ……」

「イエスだ、フェリシア。イエスと言え」

再び深く唇を奪われる。

「んんっ、んんんぅ、んぅうう」

彼の情熱的で巧《たく》みな舌の動きに、もはやフェリシアは何も考えられなかった。

甘い快楽に溺《おぼ》れ、全身の血が沸き立ち理性は粉々になった。

痺れるほど舌を嬲《なぶ》り、ようやくちゅっと音を立てて唇を離したコンラッドが、最後通牒《つうちょう》を突きつけるように言う。

「フェリシア、家と乳母を救いたければ私と結婚したまえ」

「あ……はい……結婚、します」

思わず答えていた。

その刹那コンラッドは、獅子《しし》を打ち倒した神話の英雄ヘラクレスのような勝ち誇った笑みを浮かべた。

「それでいい。これからのことは、すべて私に任せるんだ」

フェリシアは朦朧とした意識の中で、自分が今とんでもない間違いを犯してしまったのかもしれない、とかすかに思った。


その後のコンラッドの行動の素早さは、目を瞠《みは》るものがあった。

彼は即日にビートン家のすべての負債を請け負い、借金を返してくれたのだ。

代々嵩《かさ》んだビートン家の借財は相当の金額だったのに、やすやすと完済したコンラッドの財力に驚くと同時に、彼が約束を守ってくれたことで、自分の運命が決まったのだとフェリシアは覚悟するしかなかった。

「これが、銀行から取り戻した借用書のすべてだ。きみに引き渡す」

翌日、屋敷の書斎に呼ばれたフェリシアを前に、コンラッドは分厚い書類の束を無造作に机の上に積み上げた。

「これで——ビートン家は救われました……」

フェリシアは負債に苦しんでいた亡き両親のことを想い、しみじみ感慨《かんがい》にふけった。

「で、こちらが結婚証明書だ」

フェリシアの感傷などおかまいなく、コンラッドが一枚の書類を机の引き出しから取り出す。

「さあ——結婚証明書にサインをするんだ」

長いしなやかな指が、磨《みが》き上げられた黒檀《こくたん》の机の上に書類を滑らせた。

フェリシアは否応《いやおう》なく、その書類にサインをしたのだった——。

その日のうちに、フェリシアは身の回りの物だけ持ってマクニールの屋敷に移り住むことになった。

「お願いです。乳母のハンナをよい病院に入れてあげてください」

フェリシアの願いに、コンラッドは快諾《かいだく》してくれた。

突然の結婚の話を聞いたハンナは、涙を流して喜んだ。

「やっと――お嬢様に幸運が巡ってきたのですね。私のことは気にせず、これからはご自分のお幸せのことだけお考えくださいまし」

素直に祝福してくれるハンナにショックを与えたくなくて、フェリシアは契約結婚のことは黙っていた。

ハンナは完全看護の病院に入院することになり、フェリシアはこれで心残りはなくなったと、安堵《あんど》する一方、未知の結婚生活に不安を拭《ぬぐ》いきれなかった。

(――私はコンラッド様に心惹かれていた。これがほんとうのプロポーズだったら、どんなに嬉しかったろう。だけど、芸術家である彼が欲しいのは、モデルとしての私なんだ……でも、取引に応じたのだから、この気持ちは決して表に出しちゃだめ)

そう強く自分を戒《いまし》めた。


翌日。

馬車で迎えに来たコンラッドと共に、フェリシアはマクニール家の屋敷に迎えられた。

玄関前のアプローチに馬車が横付けされると、すでに石段の前でずらりと整列していた五十人余りのメイドや使用人たちが、いっせいに頭を下げた。

「お待ちしておりました。ご主人様、若奥様。屋敷の者一同を代表し、結婚のお祝いを申し上げます」

最前列にいた見覚えのある執事長が進み出て、胸に右手を当てて最敬礼した。

「若奥様」などといきなり呼ばれ、フェリシアは頬を染めてどぎまぎとしてしまう。

「スティーヴ、フェリシアをこれからよろしく頼む。まだ右も左もわからぬ娘だ。屋敷のしきたりなどは、お前が指導してくれ。他のことはすべて、私が彼女に仕込む」

スティーヴという執事長を、コンラッドは心から信頼しているような口調だ。

「かしこまりました」

スティーヴはフェリシアに向かって丁重に頭を下げ直し、顔をほころばせた。

「若奥様。ご主人様をよろしく頼みます。マクニール家ではもうずいぶん長いこと、女主人がおりませんでした。これで爺《じい》もやっと肩の荷がおりました。頑固でひねくれ者のご主人様ですが、根は思い遣《や》り深い方なのです」

「まあ――わかりました」

フェリシアは、この礼儀正しくユーモアのある執事長に好感を持ち、新しい生活に対する緊張が少しだけ解れた。

「じい――スティーヴ、よけいなことは言わなくていい」

コンラッドが咳払《せきばら》いし、フェリシアを振り向いた。

「では、早速、そのみすぼらしいドレスを着替えてこい。きみの部屋は中央階段を上がって右の廊下の突き当たりだ。取りあえず、朝昼夜用のドレスをそれぞれ十着ずつ用意させた。おいおい洋裁屋を呼んで、オーダーメイドのドレスを作ろう。これからきみは、由緒あるマクニール家の妻となったのだから、それ相応の装いが必要だ。きみ専用のメイドを五人付けるので、身の回りのことすべては、彼女たちに任せたまえ。綺麗《きれい》になったら、アトリエにおいで」

コンラッドは言うだけ言うと、さっさと廊下の奥のアトリエに向かってしまった。

取り残されたフェリシアは、どうしていいかわからず立ち尽くしていた。取引結婚とはいえ新婚の夫婦なのに、コンラッドがあまりにビジネスライクな気がして、ひどく寂《さび》しい。

「若奥様。まずはお部屋に上がって、ゆっくり湯浴《ゆあ》みをなさり、それからお召し替えをなさいまし。こちらのメイドたちが若奥様付きの者たちです。信頼できる者ばかりですから、遠慮なく、わからないことや必要なことは、彼女たちでも私にでも、お聞きくださいませ」

フェリシアの気持ちを汲《く》んだように、スティーヴが柔和《にゆうわ》な表情で話しかけてくれ、ほっとした。

スティーヴに案内されたフェリシア用の部屋は、広々として南向きに大きな飾り窓が幾つもあり、明るく風通しもよかった。

壁紙は蔦《つる》模様を浮き彫りにした落ち着いたクリーム色で、ソファや椅子、チェスト等の調度品も皆品よい同系色でまとめられている。大理石の暖炉《だんろ》の上には、コンラッドの描いた満開の赤薔薇《ばら》の庭園の絵が飾られ、部屋のアクセントになっている。

「素晴らしいお部屋だわ――」

フェリシアが感に堪《た》えないような声を上げると、スティーヴは浴室の扉を開けながらにこやかに言う。

「急遽《きゆうきよ》フェリシア様が花嫁としておいでになるということで、ご主人様の命で一日で仕度したものですから。浴室はこちらになります。もし、不備があれば遠慮なく申しつけてください」

「一日で――？　信じられないほど完璧よ」

頬を紅潮させて部屋を見回しているフェリシアに、スティーヴはかすかに肩をすくめて言う。

「何せご主人様は完全主義者ですから、私どもは戦々恐々《せんせんきようきよう》として準備いたしたのですよ。若奥様のお目に適《かな》って、安心しました」

フェリシアは端然と命を下すコンラッドに、右往左往《うおうさおう》して準備に追われる使用人たちの様子が目に浮かぶようで、笑みを漏らした。

その笑みを見て、スティーヴが安堵したように息を吐いた。

「どうか、その若く瑞々《みずみず》しい微笑みで、ご主人様の頑《かたく》なお心を、癒して差し上げてくださいまし」

「え？　癒す……？」

スティーヴは慌てて唇を引き締め、扉の外に待機していたメイドたちに合図した。

「では、ごゆっくりお着替えを――失礼いたします」

スティーヴと入れ違いに、ぞろぞろとメイドたちが入ってきた。

メイドたちに促され、フェリシアは清潔な浴室で湯をたっぷり張ったバスタブに浸《つ》かった。

ゆっくり入浴を済ませると、浴室の隣の広い化粧室に招かれ、フェリシアは隅々まで磨き上げられていったのだ。


アトリエではコンラッドが、描きかけのキャンバスを前に、深いもの思いにふけっていた。

遂《つい》に理想の乙女を手に入れた。

彼の心は達成感に逸《はや》っていた。

先月、骨董の額縁を探してコヴェント・ガーデン市場に立ち寄った際に、初めてフェリシアを見た。

猫の額ほどのこぢんまりとした店舗で、花を商《あきな》っている少女。

蜜色の髪を洗いざらしのネッカチーフで包み、着ているドレスは機能的なだけの色気のない簡素なもの。染みだらけのエプロンを細い腰に巻き、化粧気はまったくない。一見、そこらの街娘と変わらない姿だ。

だがコンラッドは、彼女をひと目見たときから深い印象を受けた。

神秘的な緑色の目、肌理《きめ》の細かい白い頬、整った鼻梁にぷっくり形のよい唇。小柄だがバランスの取れたしなやかな肢体《したい》。

地味な装いからは、隠しきれない気品が匂うように立ち上っている。天使が人間の娘に身をやつし、そこへ舞い降りたかと思わせるほど清純で神々《こうごう》しい。

おそらく凋落《ちょうらく》した貴族の娘であろうと、コンラッドは当たりをつけた。機械化文明が発達した昨今は、金のある商人たちが経済を牽引し、土地をどんどん買い占めては、開発していく。収入の大半を地代でまかなっているような旧態依然の貴族階級は、時代遅れになりつつあった。

もちろん、コンラッドのように世の流れを見通せる機智のある貴族は、新たな会社や商売を起こして優勢を保つことができたが、そこからこぼれ落ちた貴族たちは、貧しく困窮《こんきゅう》する者も多かったのだ。

(なんと儚《はかな》げで、しかし凜《りん》としている娘だろう)

芸術家であるコンラッドは、貧しいドレスの内側の彼女の肢体を容易に想像でき、強烈に惹きつけられた。

その日から、彼は密かに市場に通い、フェリシアの姿を追った。

早朝から日暮れまで、彼女は愚直なほど懸命に働いている。探偵社に調べさせ、フェリシアがビートン伯爵家の末裔《まつえい》で、病に倒れた乳母の面倒を見ながら負債を返していることを知った。だが彼女は、悲惨な自分の状況をおくびにも出さず、健気に明るく客と接している。その笑顔は、人を惹きつけてやまない未成熟な色気を醸《かも》し出していた。

(欲しい――あの娘が欲しい)

フェリシアを描きたいという創作意欲と、無垢《むく》な彼女を独り占めして狩りたてたいという雄の欲求が、むくむくとコンラッドの中に膨《ふく》れ上がってきた。

そんな高揚感《こうよう》に捕らわれたのは、久しぶりだった。

若き日はともかく、今のコンラッドは自信に溢れ、己が意志と判断を疑ったことはない。信じるのは自分の才覚だけだ。名声も富も、欲しいものはなんでも手に入れてきた。ここ数年は、もはや手に入れたいものは何もない、とまで慢心《まんしん》していた。

女性に心奪われたり、入れ込んだりするような愚《おろ》かしいまねだけはすまい、と心に決めていた。

だが、フェリシアを見て気持ちが大きく動いた。

すっかり忘れていた、忘れようとしていたひりひりするような女性への渇望が蘇《よみがえ》った。

フェリシアの店はそこそこ繁盛しているようだったが、客の大半は彼女の若さと美貌目当ての男たちだ。今のところは、フェリシアはうまく男たちの誘惑をあしらっているふうに見えるが、初心《うぶ》で純真な彼女が、手練《てだれ》の男の誰かの毒牙にかかるのは時間の問題だ。

(誰にも渡さない——なんとしても彼女を手に入れ、私だけのものにする——彼女のすべてを奪いたい)

腹の底から、煮え滾《たぎ》るような獣欲が込み上げてくる。

コンラッドは、逸る気持ちを恐ろしいほどの自制心で抑えつけた。

感情や欲望に押し流されてはならない。

自分はいつだって冷静に、他人も、自分自身をも支配してきたのだから。

「——失礼します」

控え目な澄んだ声がし、アトリエに衣擦《きぬず》れの音をさせてフェリシアが入ってきた。

さりげなく振り返ったコンラッドは、一瞬息を呑《の》む。

そこには、まさに美の女神《ミューズ》が立っていたのだ。

第三章　嵐のように奪われて

着替えてきたフェリシアは、アトリエの入り口で躊躇《ちゅうちょ》した。こちらを振り向いたコンラッドが、口を真一文字に結び鋭い眼光で睨《にら》んできたからだ。

(この格好が、お気に召さなかったのだろうか)

フェリシアは気まずくて、胸の前で両手を揉《も》み合わせた。

メイドたちはあれこれ衣装を吟味《ぎんみ》し、幾重にも美しくドレープを重ねたスカートで、流れるようなラインの臙脂《えんじ》色のドレスを選んで着付けてくれた。襟《えり》ぐりは少し深めで、白くまろやかな胸元を半分覗かせている。肩の膨《ふく》らんだ袖《そで》は手首の方に行くにつれて細くなり、腕をすんなりと見せている。たっぷりした蜜色の髪を若々しく頭上にふんわりと結《ゆ》い上げ、ほっそりしたうなじが美しく出ている。

今まで化粧などしたことがなかったのだが、眉を少し描きたし、薄く頬紅をはたき、ドレスと同系色の口紅を差してもらっただけで、自分でも驚くくらいぱっと華やかな雰囲気になった。

「まあ、なんてお美しいのでしょう。まるでルノアールの描く女神のようですわ」

「初々《ういうい》しくて華やかで、女の私たちでも見惚《みと》れてしまいます。きっと、ご主人様のお気に召しますわ」

メイドたちが口々に賞賛してくれて、お世辞だと思いつつ自分でもまんざらでもないと思った。

お洒落《しやれ》なんか縁がなく興味もないと思い込んでいたが、こんなふうに贅沢《ぜいたく》に着飾ると、ほんとうは自分の心に嘘をついていたのだと思い知る。

アトリエに向かう足取りまで、少し浮き浮きしている自分がいる。

（こんな浮き立つ気持ちになっただけでも、コンラッド様に感謝したいわ）

頬を上気させてここまで来たが、いざ無言のままのコンラッドを目の前にすると緊張が蘇《よみがえ》ってしまう。

気まずく立ち尽くしていると、彼が静かだが有無を言わさぬ声を出す。

「何をしている。絵のモデルになるのだろう？　さっさとそこの台に立たないか」

「あ——はい」

弾かれたように台に進み、そっと立った。

コンラッドがスケッチブックを手にして、近づいてくる。

彼の視線がくまなく全身に這《は》い回る。

コンラッドにこんなふうに見られるだけで、緊張感の中に妖しい愉悦《ゆえつ》が生まれ、フェリシアの胸はざわついてしまう。

「悪くない――だが、きみにはもっと光沢のある素材が似合う。次はサテン地のドレスを着てきなさい」

「はい」

だめ出しされたがドレスは受け入れられたので、フェリシアはほっと胸を撫《な》で下ろす。

明るく静謐《せいひつ》なアトリエに、鉛筆が紙を擦る音だけが響く。

コンラッドの強い視線にさらされると、胸が甘くせつなく疼《うず》いてしまう。心臓が激しく鼓動を打ち鳴らし、コンラッドに聞こえやしないかとはらはらした。

「――もう少し、科《しな》を作れないか？」

新たにスケッチブックを捲《めく》りながら、コンラッドが重低音の声で言う。

「し、しな？」

何を言われているのかすぐには理解できなかった。

「女性っぽい色気を出せ、と言っている」

「え？　そんな――こう、ですか？」

戸惑《とまど》いながらも、首を傾《かし》げたり腰をひねったりしてみる。

その様子を凝視《ぎょうし》していたコンラッドが、苦笑のようなものを漏らす。

「ふ――まるでなっていない。子どもだな」

彼は脇の小机にスケッチブックと鉛筆を置くと、つかつかと近づいてくる。

コンラッドの体温と濃厚な香水の香りを感じ、フェリシアは身を強《こわ》ばらせた。

コンラッドが背後に回り、そっと抱き締めてくる。

「あ」

妖しい期待に胸が壊れそうなほど昂《たかぶ》った。

「きみは乙女としては完璧な美を備えているが、女性としてはまったくといっていいほど、色香が足りない」

耳元で低くささやかれると、鼓膜まで甘く震《ふる》えた。

「ど、どうしたらいいのですか……」

男の熱い息づかいに、目眩《めまい》がしてくる。

「教えてやろう」

そう言うや否《いな》や、耳朶《じだ》に唇を押しつけられた。コンラッドはそのまま、首筋から頬をなぞり、唇を重ねてきた。

「ん……ふ、んぅ」

口づけのもたらす甘い愉悦に、もはやフェリシアは抵抗できない。軽く唇を擦られただけで、ねだるように口唇が開いてしまう。コンラッドの舌が強引に押し入ってくると、待ち受けていたように受け入れてしまう。

「んん、ふ、はぁ、んんん……」

巧《たく》みに舌を吸い上げられ口腔《こうこう》を貪られると、あっという間に全身が熱く蕩《とろ》けてしまう。息苦しさで頭がぼうっとし、淫《みだ》らな興奮が迫り上がってくる。

「っ……ふ、ん、んぅ、は……」

思わず自分から舌を差し出し、きつく彼の舌と絡み合わせ吸い上げていた。

「――もうキスの味を覚えたか。飲み込みが早い。いいね、仕込みがいがある」

わずかに唇を離したコンラッドが、陶酔《とうすい》したフェリシアの顔を満足げに眺めた。

次の瞬間、背後から抱き締めていた彼の手が、やにわにドレスの胸元にかかり、コルセットごと乱暴に引き下ろした。

「やっ？　きゃあっ」

ふるんとまろやかな乳房が弾みながら飛び出す。

フェリシアは驚き、恥ずかしさのあまり慌《あわ》ててコンラッドの腕から逃れようとした。しかし、彼は力ずくでフェリシアの腰を引き寄せ、もう片方の手でむんずと剝《む》き出しになった乳房を摑んだ。

「痛っ……やぁ、やめて！」

「態度は子どもっぽいが、ここはもう立派に育ちきっているな。初雪の積もった丘の頂《いただき》に、小さな薔薇《ばら》色の蕾《つぼみ》が佇《たたず》んでいる」

コンラッドの大きな手の平がふっくらとした胸のまろみを包み込み、やわやわと円を描くように揉み込んできた。

「あ、あぁ、やめて、恥ずかしい……」

「滑《なめ》らかな肌が、シルクのように手に吸いついてくる。ふ──蕾が尖《とが》ってきたぞ。口で言うほど、いやではないだろう?」

意地悪くささやかれ、恥ずかしさでかあっと頭に血が上る。いやらしいことをされていると思うのに、左右の乳房を交互に揉まれていると、何かふわふわ心地好くなってしまう。しかも、言われた通り乳首が淫らに固く凝《しこ》ってくるのがわかり、羞恥に耳朶まで血が上った。

そのうちに、コンラッドのしなやかな指先が、尖った乳首をざらりと擦り上げてきた。するとどういうわけか、そこからじんと甘い痺《しび》れが生まれ、下腹部の奥がむず痒《がゆ》いようないたたまれないざわめきが生まれてくる。

「あっ、あぁ、あ……いやぁ……」

思わず悩ましい鼻声が漏れてしまい、恥ずかしくて必死で唇を噛み締める。

「いい声が出てきた──もっと泣かせてやる」

コンラッドがふいにきゅうっと強く乳首を摘《つま》み上げた。

「ああっ、痛っ、いやっ……」

激痛に悲鳴を上げると、すかさずあやすように掠《かす》めるように指の腹で乳首を擦られる。そうされると、ひりつくような疼きがどんどん先端から全身に広がり、フェリシアは身を仰《の》け反《ぞ》らせて身悶《みもだ》えた。

「は、あぁ、あ、だめ、しないで……あぁ」

凝りきった乳首を何度も撫で回され、自分の太腿《ふともも》の狭間《はざま》のあらぬ部分がひくついてくるのがわかり、フェリシアはいやいやと首を振る。

「気持ちいいだろう？」

両手で淫らな愛撫《あいぶ》を続けながら、コンラッドがフェリシアの白いうなじにねっとりと舌を這わせてきた。

「あっ、だめ、そこ……っ」

耳朶の後ろに舌が触れると、背中がぞくぞくするほど感じてしまった。

「ここが弱い？」

フェリシアの顕著《けんちょ》な反応を愉《たの》しむように、コンラッドは執拗《しつよう》に耳の周囲を舐《ねぶ》る。

「あ、あぁ、あ、や、やあ……ぁ」

身体中の血が熱く沸き立ち、コンラッドの指と舌が生み出す初めて知る淫猥《いんわい》な快感に、フェリシアはなす術もなく甘く喘《あえ》いだ。

なぜこんな恥ずかしい身体になってしまうのか理解できない。

耳も乳首も、さっきまでは意識もしない箇所だったのに、コンラッドに弄《いじ》られたとたん、感じやすい猥《みだ》りがましい器官に成り変わってしまう。

「可愛《かわい》いフェリシア——もっと感じさせてやろう」

そう低くささやいたかと思うと、コンラッドはふくよかな乳房を掬《すく》い上げるようにして持ち上げ、華奢《きやしや》なフェリシアの肩越しに顔を落とし、赤く色づいた乳首を口唇に含んだ。

「つ、あ、あぁっ?」

ちゅっと吸い上げられたとたん、びりっと鋭い刺激が乳首から身体の真ん中を走り抜け、びくんと腰が跳ねた。

コンラッドは片方の乳首を指で弄りながら、もう片方を舌で捏《こ》ねくり回したり、強く吸い上げたりした。

「あ、あぁ、やぁ、しないで、そんなに……あぁっ」

熱く濡れた舌で乳首を転がされると、指でされるよりさらに心地好く、隘路《あいろ》の奥が勝手にきゅうっと締まり、何かとろりと蕩けてくるような気がした。はしたない声を上げまいとするのだが、ひりつく乳首を甘噛みされると、どうしようもなくせつない鼻声が漏れてしまい、恥ずかしさと興奮で頭がくらくらした。

「はあ、あ、やめて、もう、だめ、へんに……だめぇ」

弄られ舐られるほどに、凝りきった乳首はますます敏感になり、妖しい愉悦を生み出す。それと共に、下腹部の奥のむず痒いような焦《じ》れるような疼きがどんどん強くなり、フェリシアはどうしていいかわからずしどけなく身を捩《よじ》った。

「いい反応だ。肌が淫らな薄桃色に染まってきた。腰がもじついているな——濡れてきたか？」

感じやすい耳朶に歯を立てて、さらにフェリシアの未発達な感覚を目覚めさせながら、コンラッドは艶《つや》めいた声を出す。

「ぬ……濡れて？」

息も絶え絶えになったフェリシアは、なんのことかわからない。

「ここだ」

コンラッドはいきなり片手を下腹部へ滑らせた。ドレープの重なったスカートを大きく捲り上げ、ドロワーズの割れ目に指を忍び込ませてきた。

「きゃああっ」

長い指先が柔らかな和毛《にこげ》をまさぐる感触に、フェリシアは驚愕《きょうがく》して身を引き攣《つ》らせた。ぬるりと淫唇《いんしん》を撫でられ、蜜口《みつくち》の浅瀬に節くれ立った指が押し入ってくる。冷たい指が押し入ってくる生々しい感触に、フェリシアはぞくりと戦慄《わなな》いた。

「ああいや、だめ、あ、そんなところ……っ」

身体を捩ってコンラッドの腕から逃れようとしたが、逞《たくま》しい腕にさらに強く抱きすくめられるだけだった。

「清らかで無知なフェリシア――男女が結婚し夫婦になるということがどんなことか、これからみっちり教えてあげよう」

コンラッドが、熱く濡れそぼった箇所をくちゅくちゅと掻《か》き回す。

「そら、こんなに濡れている」

「あ、あ、やめてえ、指、そんなこと、恥ずかしい……」

耳をふさぎたくなる淫猥な水音に、フェリシアの頭は沸騰《ふっとう》しそうなほど血が上る。

「恥ずかしくはない――気持ちいいだろう？」

コンラッドが繊細な動きで無垢《むく》な陰唇を撫で擦ると、未知の快感がじわじわと湧き上がり、心地好くなってしまうことにフェリシアは戸惑う。

「んっ、んん、あ、は、やあ、やぁぁ」

フェリシアは頰を真っ赤に染め、男の指が生み出す快楽に翻弄《ほんろう》される。怖くて恥ずかしいのに、もっとして欲しいようなはしたない欲望が生まれてくる。

「無垢だが感じやすく、とてもそそる――ここはどうかな？」

コンラッドは溢《あふ》れる愛蜜《あいみつ》を指の腹に受けると、和毛のすぐ下にある何か小さな突起をぬるりと擦り上げた。

そのとたん、びりっと小さな雷にでも撃たれたような鋭い喜悦が脳芯にまで突き抜けた。

「ああっ⁉　な、に？　やあああぁっ」

フェリシアは腰をびくびくと跳ね上げ、背中を大きく弓なりにさせて悲鳴を上げた。一瞬、目の前が真っ白になり、下肢が蕩けるかと思った。彼女の顕著な反応に気をよくしたのか、コンラッドはその突起を執拗に弄り続ける。

「やぁ、だめ、そこ、しないで……あぁ、だめ、だめぇっ」

子宮の奥が蠢《うごめ》き、せつないような苦しいような愉悦が間断《かんだん》なく襲ってくる。あまりに強い快感に隘路の奥からとろとろ愛液が溢れ、股間をぐっしょり濡らすのがわかり、羞恥に耐えきれない。

「お……ねがい、やめて、もう、コンラッド、様ぁ……」

フェリシアは身体を折り曲げて、卑猥《ひわい》な指から逃れようとした。だがコンラッドは容赦なく彼女のほっそりした身体を抱え込み、剝き出しの乳房をくたくたに揉みしだきつつ、鋭敏な秘玉《ひぎょく》をいたぶり続ける。

「いやではないだろう？　ここをこんなに膨らませて——」

コンラッドは容赦なく、充血した陰核《いんかく》を摘み上げ、揺さぶった。

「続けて欲しい？　達《い》かせて欲しいだろう？」

彼の固く高い鼻梁《びりょう》が、フェリシアの耳殻《じかく》を擦るように擽《くすぐ》り、そんな愛撫にすら身震いがするほど感じてしまう。堕落しそうな悦楽に、初心なフェリシアは恐怖を感じた。

「い、や……やめて……やめてください」

頭を弱々しく振り立てて、啜《すす》り泣きながら訴《うった》える。

「嘘つきだね。悪い子にはお仕置きだ」

コンラッドは無慈悲な声を出し、さらに花芯《かしん》を刺激しながら、物欲しげにうねる膣襞《ちつひだ》のあわいに、指を突き入れてきた。そして、そのままぐちゅぐちゅと指を抜き差ししてくる。

「んあ、あ、あぁっ、やぁ、だめっ」

鋭敏な秘玉と疼く膣腔《ちつこう》を同時に責められ、汚れを知らない処女のフェリシアは、なす術もなく翻弄され尽くした。

瞼《まぶた》の裏が真っ赤に染まり、尿意にも似た何か熱いものがお尻の奥から迫り上がってくる。

「はぁ、だめぇ、ああ、おかしくなる……あぁ、だめです……っ」

筋肉が強ばり、隘路がきゅうきゅう収斂《しゅうれん》する。

「おかしくなるんだ――フェリシア。達っておしまい」

コンラッドが柔らかく耳殻《じかく》を噛み、指を動かし続ける。フェリシアはぶるっと大きく身を震わせた。

「う……く、はぁ、はっ、あ、あぁ、だめだめぇっ……！」

何かの限界に達し、フェリシアは目尻から涙をこぼし、甘く啜り泣いた。

全身を未知の愉悦が駆け巡り、隅々《すみずみ》まで犯す。

「……あ、あ、ん、は、はぁ……」

身体から力が抜け、ぐったりコンラッドの腕にもたれかかると、蜜壺《みつつぼ》からぬるりと指が抜けていく。

コンラッドは意識朦朧《もうろう》とした彼女を抱きかかえ、涙に濡れた頬に口づけする。

「初めて達ったね。よかったろう？」

「……ん、や……」

我を忘れてはしたなく喘いでしまったことが恥ずかしくて、到底コンラッドの顔をまともに見ることなどできない。

彼は乱れたフェリシアのドレスをそっと直すと、台を下りた。支えがなくなった彼女は、がくりと台の上に頽《くずお》れる。

しどけない格好でまだ喘いでいる彼女の姿を、コンラッドはスケッチし始めた。

「初めての快楽の世界に堕ちた天使だ——猥雑《わいざつ》で崇高《すうこう》だ」

彼は取り憑《つ》かれたように、鉛筆を走らせた。

「や……こんな私……見ないで……」

あまりの恥ずかしさに両手で顔を覆ってしまう。

まだ四肢に力が入らず、淫らな自分の姿が余すところなく紙に写し取られていくと思うと、羞恥と共に何か疼くような悦びが胸に溢れてくる。

日の傾きかけたアトリエに、乱れたフェリシアの呼吸と鉛筆の滑る音だけが響いていた。

やがてとっぷり日が暮れると、コンラッドはぱたんとスケッチブックを閉じた。

「今日はこれまでだ」

ぼうっと座り込んでいたフェリシアは、はっと我に返った。

いつの間にかきちんと上着を羽織ったコンラッドが、目の前に立って手を差し伸べていた。

「おいで。晩餐《ばんさん》を取ろう」

スケッチをしているときの近寄りがたい雰囲気が消え、労《いたわ》るような優しい声だ。

フェリシアはおずおずと片手を彼にあずけた。

そっと引き起こされた。

「私の左に寄り添って。一緒に食堂へ行こう」

言われるまま彼の左腕に手を添えると、コンラッドは完璧なエスコートでフェリシアを食堂まで案内した。

中世バロック風に設《しつら》えた食堂の磨《みが》き上げられたマホガニー材のテーブルには、すでに二人分の銀食器がセットされていた。給仕たちと壁際で控えていたスティーヴが近づいてくると、コンラッドは軽く手を振った。

「今夜は初めての夜だ。花嫁と二人きりにして欲しい」

「かしこまりました。では、私だけでお給仕いたします」

スティーヴは丁重に頭を下げた。

「さあ、お座り」

コンラッドは中央の席にフェリシアを導き、まるで女王様にするように恭《うやうや》しく椅子を引いてくれた。

その一連の動作は完璧に洗練されており、フェリシアは魅了されてしまう。

対面に座した彼が、手元のグラスに注がれた黄金色の食前酒を手に掲げた。

「では――私たちのこれからの結婚生活に」

フェリシアは彼に倣《なら》って自分のグラスを持った。

まだ結婚したという実感が湧かない。

コンラッドの人となりもまだわからない。

その上に、取引を交わした結婚だ。

不安な気持ちを見透かしたのか、コンラッドが薄く笑みを浮かべた。

「きみは何も案ずることはない。すべて私に任せればいい」

そう言うと、彼は自分のグラスを一気に干した。仰け反らせた顎《あご》から咽喉《のど》のラインが美しく、フェリシアはうっとり見つめてしまう。

「飲みたまえ。うちの荘園でできた林檎《りんご》酒だ。極上だぞ」

「はい……」

そっとグラスに口をつけると、口いっぱいに香り高く濃厚な林檎の風味が広がった。

「美味しい！」

声を弾ませると、コンラッドが満足気にうなずく。

「太陽の恵みをいっぱいに受けた、神に祝福された秋の収穫の味がするだろう」

フェリシアは思わず微笑んだ。

「その通りです。コンラッド様は詩人でもあるんですね。私が感じたままを、美しい言葉に紡《つむ》いでくれるなんて。それはコンラッド様も、神様に祝福された方だからですわ」

彼女の言葉に、コンラッドはわずかに面食らったように片眉を上げた。

「私が神に――？」

林檎酒で少し酔いの回ったフェリシアは、少し気持ちが大きくなり、無邪気にうなずいた。

「ええ――美も才能も財産も何もかも持っておられる。何もない私には、眩《まぶ》しいくらい」

「――」

コンラッドは返事をせず、目の前に置かれた前菜の皿に集中しているようだった。フェリシアは馴《な》れ馴《な》れしく喋《しやべ》りすぎただろうかと、慌てて口を閉ざして、自分もナイフとフォークを取り上げた。

頬が落ちそうなほど美味なムースだったが、何か彼の気に障《さわ》ることを言ったかもしれないと思うと、気が気でなく味わう余裕もなくなる。

しばし沈黙が続いた後、ぽつりとコンラッドがつぶやいた。

「きみは何もわかっていない――やはり、子どもだ」

硬い声だ。

フェリシアは怒らせてしまったのかと、おそるおそる彼の顔色を窺《うかが》う。

こちらに顔を向けたコンラッドは、なぜか哀しげな瞳をしていた。

「私は、肝心なものは何も持っていない。すべてを持っているのは、フェリシア、きみだ」

「え?」

またからかわれているのかと、まじまじと彼の顔を見たが、コンラッドは真摯《しんし》な表情をしていた。

「そらきみは、すぐにそんな罪作りな無邪気な表情をする。ほんとうに豊かなものを身のうちに持っている者は、自覚しないのだよ――実に羨《うらや》ましい」

まるで謎掛けのような言葉だが、なぜかじわっと胸に染みてくる。

今までフェリシアは、自分は不運で何ひとつ手にしていないと思い込んでいた。家の凋落《ちょうらく》も莫大な負債も、両親の早世も、たった一人の身内のような乳母の病も、何もかもが弱いフェリシアの両肩に背負わされた運命だった。

運命を受け入れるには、すべてを諦《あきら》めるしかなかった。

なのに――。

世間の誰もが認める完璧な男が、自分を羨むと言うのだ。

嬉しくて涙が溢れそうになる。

涙ぐんでいることを隠そうと、せっせと目の前のメインディッシュを口に運んだ。

「だからきみを手に入れた」

ふいに彼の声が、いつもの傲岸《ごうがん》な響きになる。

「きみという足りないピースを手に入れて、私の美学は完璧なものになる」

フェリシアははっと顔を上げた。

こちらを凝視している彼の目は、獲物に舌なめずりする獅子《しし》のように鋭い光を放っていた。

「今夜、きみを完全に私のものにする」

背中がぶるっと震え、先ほどアトリエで受けた淫らな愛撫の余韻が身体の中に蘇る。

フェリシアは心臓が早鐘を打ち、もはや豪華な食事の味は少しもわからなかった。


晩餐の後、メイドたちに手伝われて入浴を済ませ、真新しい絹の寝間着に袖を通し、自分の部屋の向いにある夫婦の寝室に導かれると、フェリシアの緊張は頂点に達した。

(これから、初夜を迎えるんだ……)

生娘《きむすめ》であるフェリシアには、夫婦の営《いとな》みというのは、男女が裸でひとつの寝床に入るのだというくらいの知識しかない。

口づけや指での愛撫以上のことがあるだろうとは覚悟していたが、それ以上のことは想像もつかなかった。

(怖い……)

メイドが扉をノックして開き、フェリシアが中に入るとすぐに背後で閉まった。

寝室の中は薄暗く、中央に大きな天蓋《てんがい》付きのベッドがあり、側の小卓の上のオイルランプの灯《あか》りだけがぼんやり辺りを照らしている。

寝台に深緑色のガウンを羽織ったコンラッドが腰を下ろし、まっすぐこちらを見ていた。

フェリシアは緊張と恐怖で震え上がる。

淡い光の中で、コンラッドは余裕の笑みを浮かべて座っている。

「こちらへおいで」

静かだが有無を言わさぬ響きがある。

「はい……」

フェリシアは消え入りそうな声で答え、一歩一歩ベッドに近づいていった。

目の前のコンラッドは、湯上がりでまだ濡れた髪が額に垂れかかり、いっそう若やいで見える。

彼の手が伸び、フェリシアの右手を握った。

びくりと肩がすくんだ。

「震えているね。怖いか？」

フェリシアはこくんとうなずく。

「少し……いいえ、と、とても……」

コンラッドが口の端をわずかに持ち上げた。

「正直だ。きみの美徳のひとつだね」

突然彼が腕を引き、フェリシアは倒れ込むようにコンラッドの胸に抱かれた。

「あ」

ガウン越しに男の引き締まって熱い肉体を感じ、フェリシアは頭がかあっと逆上《のぼ》せた。

「今からきみを奪う。いいね」

有無を言わさぬ口調に、フェリシアはぎゅっと目を瞑《つぶ》り、小刻みにうなずくことしかできなかった。

コンラッドの手が、フェリシアの寝間着の帯をするりと解いた。前開きの寝間着が、はらりと開いてしまう。

「あっ」

メイドたちは下穿《したば》きを着けてくれなかったので、まろやかな乳房からきゅっと括《くび》れたウエスト、そして密やかな下腹部まで剝き出しになって、恥ずかしさに声が出た。

「美しい――完璧な美だ」

耳元でコンラッドが深みのある声でささやく。少し彼の息が荒いようで、ますます緊張が高まった。

コンラッドは、フェリシアの髪やこめかみに唇を押しつけ、火照《ほて》った頰、小さな鼻先、そして唇へと下りてくる。

「ん……」

口づけを受けると、身体が甘く溶けてくる。

彼の濡れた舌が口唇を割り、歯列や歯茎を舐《な》め回し、フェリシアの舌を捕らえる。

「ふ、う……ん」

くちゅくちゅと舌を擦り合わされると、うなじの辺りがかあっと熱くなり、悩ましい鼻声が漏れてしまう。

コンラッドは濃厚な口づけを続けながら、片手でフェリシアの肩や背中をゆっくりと撫で、もう片方の手で乳房をまさぐる。

「んっ、あ、んぅ」

彼の指先が乳首を撫で回すと、昼間よりも敏感に痺れる快感が全身に広がった。あっという間に乳首がつんと尖り、下腹部に異様な疼きが生まれ、腰が勝手にもじついてしまう。

尖りきった乳嘴《にゅうし》を摘み上げられ、こりこりと擦られると、下腹部の奥の疼きはさらに強く脈打って、フェリシアは何かに追いつめられるような気持ちになった。

「――もうここがたまらなくなってきたか？」

ちゅっと音を立てて唇を離し、溢れた唾液《だえき》を啜り上げたコンラッドが、フェリシアの太腿の狭間に手をかける。

「あ、だめ……」

もうそこがぬるぬるになっているのが恥ずかしく、いやいやと首を振るが、男の手は強引に両足を開かせてしまう。

「ああ、いやっ」

恥ずかしい部分が淡いランプの灯りの中に浮かび上がり、フェリシアは耳朶まで真っ赤に染めた。

「もうすっかり濡れている――昼間慣らしておいたせいだね」

ほころんだ花弁《かべん》を、コンラッドの指がぬちゅりとまさぐった。

「や……は、ああ……だめ」

ぬるぬると秘裂《ひれつ》をなぞられ、乳首をいやらしく擦り上げられ、隘路の奥が淫らにひくついてくる。濡れそぼった蜜口に指が差し込まれると、びくんと腰が浮いた。

「あ、だめ、そこ……触っちゃ……」

昼間いやらしく感じて達ってしまったことを思い出し、思わず両手でコンラッドの手を押さえようとした。

「なぜ？　恥ずかしいことになってしまうから？　手を離しなさい。夫である私の命令は絶対だ」

「絶対」という響きに、フェリシアは戦慄きながらも身体中の血が狂おしく沸き上がるような気がした。手の力を抜くと、すかさずコンラッドは濡れた陰唇を割って、浅瀬をぐちゅぐちゅと掻き回した。

「あっ、あぁ、あぁ……」

蕩けそうな快感に、フェリシアは悩ましいため息をついた。

「すっかり濡れている――」

コンラッドの指先が、膨れた陰核をぬるっと転がす。

「ひ、う……っ」

突き抜ける刺激と快感に、フェリシアは身を強ばらせる。

自分の身体のこんな小さな突起が、目も眩《くら》むような愉悦を生み出し、自分を翻弄するなんて、昨日までは知りもしなかった。円を描くように柔らかく秘玉を撫で擦られると、隘路の奥からどんどんいやらしい蜜が溢れてきて、股間が失禁でもしたかのようにぐっしょり濡れた。

「見てごらん、こんなにはしたなく蜜を垂れ流して」

コンラッドが指で愛液を掬って、フェリシアの目の前にかざす。濡れ光るねっとりした液が糸を引くのが目に飛び込み、ぷんと甘ずっぱいいやらしい匂いもする。羞恥に思わず顔を伏せた。

濡れた指が再び花芯を刺激する。今度は、陰核を揺さぶるように刺激しながら、長い指が膣腔の中に押し入ってきた。ひくついていた柔襞《やわひだ》が、指をきつく締めつけてしまう。

「あ、指……だめ、あ、あぁ、あ」

コンラッドは熱く濡れそぼつ膣壁に、何度も指を抜き差しする。指が膣襞を滑らかに擦っていくと、陰核の刺激とはまた違った鈍く重苦しい愉悦が生まれてきた。

「いやっ……も、だめ……っ、あ、ああっ」

耐えがたい愉悦に、フェリシアはつい腰を引こうとした。

「だめだ、フェリシア。まだ許さないよ」

コンラッドは指を引き抜いたかと思うと、彼女の身体を引き寄せ、そのままベッドに仰向けに押し倒した。

「あっ……」

素早くガウンを脱ぎ捨てたコンラッドが、フェリシアに上に覆い被さってくる。

男の裸体というものをこんなに間近で見るのは、生まれて初めてで、ギリシア彫刻のように整った逞しい肢体に視線が釘付けになる。だが、彼の下腹部に滾《たぎ》る荒々しい欲望を目にしたとたん、思わず悲鳴を上げていた。

「きゃっ……」

太く雄々しく臍《へそ》に付きそうなほど反り返った欲望は、フェリシアがおぼろげに想像していたそれとは格段に違い凶暴そうだった。

ぎゅっと目を瞑ってしまったフェリシアに、コンラッドが少し掠れた声で聞く。

「これが、怖いか？」

フェリシアは返事もできないほど震え上がり、ただこくこくとうなずくばかりだ。

「初めては少し苦しいかもしれない——だが、もはや逃がさない。きみを奪う」

決然と言い放つと、コンラッドは右手でフェリシアの蜜口を押し開き、そこめがけて腰を沈めた。

「あっ」

熱い固まりが濡れた花弁に押しつけられると、フェリシアは本能的な恐怖で腰を引こうとした。

「いや、やめて、だめ……」

彼の下で儚《はかな》い抵抗を試み、身を捩る。

「怖くない——暴れるな」

コンラッドは彼女の両手首を摑み、頭の上で纏《まと》め上げ身動きできないようにすると、乱暴に唇を奪った。

「ふ、んっ、んんぅ」

強く舌を吸い上げられ、フェリシアの抵抗が完全に止まってしまう。深い口づけを繰り返しながら、コンラッドがゆっくりと腰を進めてくる。

「つ――つうっ」

ずぶりと灼熱の剛直が貫いてきた。

それは指とは比べものにならないほど太く固く、フェリシアの狭い隘路をぎりぎりと抉《こ》じ開けながら奥に突進してくる。

「痛――っ、あ、あぁっ」

あまりの激痛と衝撃に、フェリシアは悲鳴を上げることもできず、ただぽろぽろと涙をこぼした。

「く――狭い。フェリシア、息を吐くんだ」

息を弾ませたコンラッドが、耳元でささやく。

「はっ、う、いや……抜いて……抜いてください」

めりめりと身体の中央から引き裂かれてしまいそうな激痛に、フェリシアは思わずコンラッドに縋《すが》りついた。

「もう遅い。きみは私のものになるんだ」

コンラッドはフェリシアの足をさらに大きく開かせ、彼女の細腰を引きつけた。結合がさらに深まり、遂に太い切っ先が最奥《さいおう》まで届いた。

「あ、あぁ、あ……」

根元まで串刺しにされ、フェリシアは涙目を見開き、浅い呼吸を繰り返した。そのたびに、脈打つ男根を膣壁が締めつけ、淫らな造形が手に取るように感じられる。

動きを止めたコンラッドが、感慨《かんがい》深い声を出す。

「これで、きみは私だけのものだ」

彼はフェリシアの涙を唇で受け、燃え上がるような額や頬に何度も口づけした。

「あぁ、あ、苦しい……あぁ、コンラッド様……ぁ」

せつなさと苦しさで胸がいっぱいになる。

「動くぞ。フェリシア、私に縋っていろ」

コンラッドがゆっくりと腰を揺さぶり始める。

「あ、あぁ、壊れて……あぁ、だめ、あぁ……」

フェリシアは痛みをやり過ごそうと、必死でコンラッドの背中に爪を立てた。

「素晴らしいよ――きみの中」

コンラッドは徐々に腰を強く穿《うが》ちながら、フェリシアの身体をきつく抱き締めた。

「は、あ、ん……んんん、はぁあ」

リズミカルに揺さぶられているうちに、溢れた愛液で滑りが潤滑になったせいか、次第に苦痛は和《やわ》らいでいく。その代わりに、甘い愉悦が隘路の奥から湧き上がり、全身の強ばりが解けていく。

「……ん、あ、あぁ、や、あぁ、あぁん」

突き上げられるたびに激しい衝撃と共に、灼けつくような疼きが生まれ、破瓜《はか》の痛みにすら妖しく感じてしまう。

「だいぶよくなってきたな」

コンラッドが息を弾ませながら声を震わせる。

「や……そんな……あぁ、や……あ」

「いい声だ。これからもっともっと甘く泣かせてやろう」

コンラッドはふいにがつがつと力強く腰を抽挿《ちゆうそう》してきた。

あまりの衝撃に、フェリシアは仰け反って嬌声《きようせい》を上げる。

「ああっ、いやぁ、ああ、だめ、壊れちゃう……っ」

「壊れていい、フェリシア。もっとだ――」

コンラッドは最後の仕上げとばかりに、ずんずんと子宮口まで突き上げる。

「やぁ、あ、も、しないで……あぁ、あぁぁっ」

目の前が真っ赤に染まり、フェリシアは叫んでいないと意識がどこかに飛んでしまいそうで、コンラッドの腕の中でなりふりかまわず身を捩った。

「──フェリシア」

コンラッドは小さく呻《うめ》くと、何度か腰を大きく打ちつけた。

「──っ」

彼の腰の動きが止まったかと思うと、最奥で肉棒がぶるりと脈打ち、どくどくと熱いものが迸《ほとばし》る。

「……は、ん、はぁ、はぁあ……」

フェリシアはすべてが終わったと悟る。

抱き締めた男の背中が、しっとり汗ばんでいた。

「とうとう、きみのすべてを私のものにした」

熱いささやきが耳孔《じこう》に流し込まれ、フェリシアはぐったりと身体を弛緩させた。

熱くほろ苦い解放感と愉悦が、全身を満たしていた。

「綺麗《きれい》だ──私だけの女神《ミューズ》」

どこか遠くでコンラッドの声が聞こえる。

その声に胸がきゅんと締めつけられる。

何か答えようとした瞬間、フェリシアの意識は真っ白い霧の中に呑《の》み込まれてしまった。

第四章　淫らな調教結婚

コンラッドとの新婚生活が始まった。

毎朝彼の腕の中で目を覚まし、一緒にベッドで朝食を摂る。今まで花の仕入れで早朝慌《あわ》ただしく出かけていたフェリシアは、ゆったり過ごせる朝の贅沢《ぜいたく》さを満喫した。

午前中はコンラッドの希望で、家庭教師について語学や歴史やマナーの授業を受けた。週に二回、ダンスの教師も来た。

普通に伯爵家の娘として育っていれば身についていたはずの教養を、一から勉強することになった。学ぶ喜びを知ったフェリシアは、まるで乾いたスポンジのように知識をどんどん吸収していった。

午後からは、コンラッドの会社の仕事の都合がつく日は、アトリエで絵のモデルを務めた。

何度もポーズを取っていると、次第に彼の要求通りの姿勢や表情を作ることができるようになってきた。コンラッドがひたすら自分だけを見つめて筆を走らせる時間は、密かに彼に心を寄せているフェリシアにとっては至福のひと時だった。

そして、晩餐《ばんさん》と入浴の後は、夫婦のベッドで毎夜、コンラッドに抱かれた。彼の巧《たく》みな愛《あい》撫《ぶ》と抱擁《ほうよう》に、無垢《むく》なフェリシアの身体は、みるみる彼好みに染まっていったのだ。

結婚してひと月後。

午前中の勉強を済ませたフェリシアが食堂に赴《おもむ》くと、執事長のスティーヴが一人出迎えた。

「若奥様、今日はご主人様は、お昼は外で後援者の方とお摂りになるということでございます」

「そう――お仕事なら仕方ないわね」

貿易会社を経営しながら芸術家としても活動しているコンラッドは、なかなか多忙の身だ。それでも彼が、なるべく時間を割《さ》いてはフェリシアと過ごそうとしてくれていることは、嬉しかった。

昼食を済ませ、自分の部屋で読書をしていると、表玄関に馬車が止まる音がした。急いでアプローチに面している窓から下を覗くと、馬車からコンラッドが降りてくるのが見えた。

「お帰りだわ」

急いで出迎えようとして、コンラッドが後から降りてくる誰かに、手を貸しているのに気がついた。

光沢のある艶《つや》やかな紫色のドレスに身を包んだブロンド美女が下り立った。歳は三十過ぎだろうか、豊かな乳房が半分はみ出るほど襟《えり》ぐりが深く、短い袖《そで》から真っ白い二の腕が剝《む》き出しで、昼のドレスとしては少し慎《つつし》みに欠けるが、肉感的な彼女にはよく似合っている。

彼女は婉然《えんぜん》と微笑んで、コンラッドに腕を絡め並んで屋敷に入ってくる。

フェリシアは何か見てはいけないものを見たように、慌てて顔を背けた。少し迷ったが、そっと部屋から出て階段を下りていった。

ちょうど、ティーセットを載せたワゴンを押してくるスティーヴと出くわした。

「スティーヴ、コンラッド様はお帰りなの？」

声をかけると、彼は狼狽《うろた》えたような目になる。

「奥様——今ご主人様は来客中ですので。お客様がお帰りになりましたらお知らせいたしますから、お部屋でお待ちくださいませ」

言葉遣いは丁寧だが、あきらかに部屋でじっとしていてくれという含みがあった。

フェリシアは、

「わかったわ」

と答えたが、スティーヴが客間へ入っていくと、そっと階段の下のコーナーに身を隠した。

再びスティーヴが出てきて、そのまま厨房の方へ姿を消すのを見計らい、フェリシアは足音を忍ばせて客間に近づいた。

はしたない行為をしていると自覚していたが、ブロンド美女があまりにコンラッドに馴れ馴れしかったので、胸騒ぎがしてならなかった。

客間の扉は、来客中という印に少し開いている。

フェリシアは扉の陰に潜《ひそ》んで、中の様子に聞き耳を立てた。

「――それにしても、花の独身主義者のあなたが、若い奥様を娶《めと》られるなんて、意外だったわコニー。社交界では噂《うわさ》の的よ。鋼鉄のハートを持ったあなたを射止めたのは、どんな女性だろうって」

ブロンド美人の声だ。ねっちりした喋《しゃべ》り方をする。

フェリシアは、胸がちくりと痛んだ。

彼女がコンラッドを、フェリシアの知らない愛称で呼んだからだ。

「いずれ、大々的に結婚式を挙げる予定だ。そのときには、ジャネット夫人、あなたもご招待する」

コンラッドはいつもの落ち着いた喋り方だ。

「あら光栄ね。でも夫人はやめてよ。昔みたいにサラ、って呼んではくれないの、コニー？」

「昔の話だ。もはやお互い既婚者なんだ。きみも昼間から、そんな開けっぴろげな服装をしない方がいい。きみのご主人が眉をひそめるぞ」

ジャネット夫人は、うふふと妖艶な笑い声を上げた。

「あら、私のことが気になるの？」

「ジャネット伯爵は、私の大事な後援者の一人だからね」

ぴたりとジャネット夫人の笑いが止んだ。

「コニー――私、後悔しているのよ。あなたと簡単に別れてしまったことを……」

ジャネット夫人が立ち上がったらしく、さらさらと衣擦《きぬず》れの音がした。

「ね、私たち、昔みたいに仲良くなれない？」

彼女の言葉に、フェリシアは息を呑《の》んだ。

「今さら遅すぎる、サラ――」

コンラッドの声はあくまで冷ややかだ。

フェリシアはそれ以上立ち聞きしていることに耐えられず、背中を向けてその場から足早に立ち去った。

階段を夢中で駆け上ると、途中で息が切れてしまう。フェリシアは踊り場で手すりに縋《すが》って、息を整えた。

心臓がばくばくいっている。

(あの夫人、昔コンラッド様と何か関係があったんだわ)

互いに愛称で呼び合うほどの、深い仲に違いない。

胸の奥がぎゅっと摑まれたように痛んだ。

フェリシアはのろのろと残りの階段を上がっていった。

(私の倍も生きてきたコンラッド様だ――いくつもの恋愛をしてきたに違いない……今でも素敵な方だもの、若い頃にはどれほどお美しかったか――女性がほうっておくはずない)

理性ではわかっていたが、動揺は抑えられなかった。

部屋に戻ると、ぐったりとソファに座り込んだ。

コンラッドの過去の女性関係に、こんなにもショックを受けるとは自分でも意外だった。

(でもコンラッド様は「私だけのミューズ」と、呼んでくれる。描きたいのは私だけだ、って言ってくれた)

フェリシアは必死に自分に言い聞かせ、心を落ち着かせようとした。

こんな苦く重苦しい感情は、今まで知らなかった。

嫉妬《しっと》――。

今まで、幸薄く苦労ばかりして生きてきたが、誰かを恨んだり妬《ねた》んだりするような醜《みにく》い感情は、抱いたことはなかった。フェリシアの心は、無垢で澄みきっていた。それが――。

コンラッドと出会ってから、まるで嵐のように気持ちは荒れ狂い上がったり下がったり、めまぐるしくフェリシアを翻弄《ほんろう》する。

(これが――誰かを好きになるということなの？　自分ではどうしようもない激情に振り回されてしまう――これが、恋？)

そのとき、やっとフェリシアは理解したのだ。

コンラッドに対する淡い憧憬《しょうけい》は、いつの間にか熱い恋情に変化していたのだ。

フェリシアは灼《や》けつきそうな感情にくらくらして、クッションに頭をきつく押しつけぎゅっと目を瞑《つぶ》った。

小一時間ほどして、スティーヴがフェリシアを呼びに来た。

「奥様、ご主人様がアトリエでお待ちです」

「今行きます」

フェリシアは洗面所に駆け込んで、何度も顔を洗った。少し涙ぐんでしまったのを、隠したかった。

アトリエに行くと、コンラッドはシャツとトラウザーズ姿で、描きかけの油絵に向かっていた。彼は顔だけこちらに振り向け、わずかに笑みを浮かべた。

「待たせたね」

フェリシアは密かに鼻をうごめかせた。ジャネット夫人がここに入ったかどうか知りたかったのだ。夫人は南国の花のような濃厚な香水をつけていて、客間の外までぷんぷん匂った。

「ここには、きみ以外は足を踏み込ませないよ」

内心を読み取ったように言われ、フェリシアはぎくりとする。

筆を置いたコンラッドが向き直ると、鋭い目でフェリシアを見ている。考えていることが悟られそうで、慌てて顔を伏せた。

「しかし、まだ教育が足りないようだ。人の話を盗み聞きするなんて、いけない子だ」

フェリシアは、心臓が喉元まで跳ね上がるような気がした。

「わ、私は、何も……」

コンラッドが苦笑する。

「おばかさんだね、全部顔に出ているよ。扉の陰から、きみのドレスの裾《すそ》がちらりと見えたんだ。私とジャネット夫人のことが、気になったか？」

フェリシアは彼になんでも見通されてるようで、口惜《くちお》しさに唇を噛み締めた。

「つまらない心配などしなくても、彼女にはすぐに帰ってもらった。彼女とは昔いっとき恋人関係にあったが、すぐに終わった。とっくに過去のことだ。彼女にはなんの興味もない
――それより、きみを描きたい」

フェリシアは不埒《ふらち》な行為が許されたかと思い、ほっとして顔を上げた。だがコンラッドの表情は冷徹《れいてつ》だった。

「いけない子にはお仕置きが必要だ。この場でドレスを脱ぎなさい」

「え……？」

戸惑《とまど》っていると、コンラッドはぴしりと言う。

「一糸《いっし》まとわぬ裸になるんだ」

フェリシアはさっと頰を紅潮させた。

「そ、そんなこと……」

今まで閨《ねや》の薄暗がりでは全裸になったものの、こんなさんさんと日が降り注ぐ明るい部屋でなんて——。恥ずかしくていたたまれない。

「や、できません」

「いやがることをしないと、お仕置きにならないだろう。早くしなさい」

コンラッドは強く促《うなが》すばかりだ。

「う……う……」

フェリシアは涙目になりながら、おずおずとドレスの釦《ボタン》を外していった。

サッシュの帯を解き、上衣とスカートを脱いでコルセットも外し、薄いレースのシュミューズ一枚になると、これで許して欲しくて訴《うった》えるような目でコンラッドを見上げた。

「そんな可愛《かわい》らしい目で見てもだめだ。それも脱ぎなさい」

容赦なく言われ、のろのろと最後の一枚まで脱ぎ去った。

「うう……」

恥ずかしくてたまらず、両手で胸元と股間を覆って身体を震《ふる》わせた。

「では、台に立つんだ」

台に上ると、すかさず追い打ちをかけるように命じられる。

「両手を上げて、頭の後ろで組むんだ」

「あ、あ……もう許してください」

震え声で懇願したが、コンラッドは有無を言わさない口調で命じる。

「早くしなさい」

フェリシアは目元を赤く染めて、ほっそりした両手を頭の後ろで組んだ。形のよい乳房も、薄い茂みに覆われた股間もすべてあからさまにさらされる。

「いいね——ボッティチェリの描くヴィーナスが降臨《こうりん》したようだ」

コンラッドは感に堪えない声を漏らすと、スケッチブックを抱えてさらさらと鉛筆を走らせた。

天窓から降り注ぐ太陽の光はあまりに明るく、フェリシアは自分の恥ずかしい身体の部分が、何もかもコンラッドの手によって紙に写し取られているのだと思うと、恥辱の中にちりちりした甘美な興奮が生まれるのを感じた。

「——どうした？　可愛い胸の頂《いただき》が尖《とが》ってきたぞ。裸を見られるのが、そんなに昂《たかぶ》るか？」

フェリシアの周りをぐるりと巡りながら、コンラッドが見透かしたように言う。

「ち、違います……っ」

だが、そう言われるとますます身体が熱くなり、乳首がじんじん凝《しこ》ってしまう。

正面に回ったコンラッドが、熱のこもった青い目で凝視してくる。その淫猥《いんわい》な目線に、フエリシアの胸が激しくざわついた。

「そんなに……見ないで……」

隘路《あいろ》の奥がひくりと疼《うず》き、とろりと愛液《あいえき》が溢《あふ》れそうになるのを感じ、フェリシアは慌てて太腿《ふともも》をぎゅっときつく閉じ合わせた。

「見られただけで、濡れてしまうか？」

からかうような低い声が、じわっと鼓膜に染み渡り、下肢《かし》が震えてくる。

「そんなこと、言わないでください」

「ほんとうにきみは嘘がつけないね。否定しないということは、私の言葉通りだということだ」

コンラッドは、イーゼルの前に置いてあった木椅子を取りに行った。戻りしなに、彼は柔《やわ》らかい口調で言う。

「同じポーズは疲れたろう。手を解いて、座りなさい」

フェリシアはほっとして腕を下ろし、くったりと台の上に横座りになった。もう解放してくれるのだろうか。

フェリシアの前に椅子を置いたコンラッドは、どかっと腰を下ろし、再びスケッチブックを抱えた。

「では、そこで自分で自分を慰めるんだ」

「えっ？」

一瞬、何を言われているかわからなかった。

コンラッドは平然と言い放つ。

「私がいつもきみにしているように、乳房を弄《いじ》り、恥ずかしい部分を指で慰めるんだ。私の方に両足を開き、秘密の花園を大きく広げて」

「つ——そ、そんなこと、できませんっ！」

あまりに非情な命令に、フェリシアは思わず拒絶した。

「やるんだ。きみは私に逆らえない」

低く艶めいた声に力が込められる。心臓が跳ね上がる。

立ち上がって、ここから逃げることもできるはずだ。

だがフェリシアは、蛇《へび》に睨《にら》まれた蛙《かえる》のように身動きできなかった。

「う……うぅ……」

ぺたりと尻を台の上に付け、そろそろと両足を開いた。恥ずかしさに全身が小刻みに震えてくる。なのに、股間はずきずきするほど脈動し、ほころんだ蜜口《みつくち》から淫《みだ》らな蜜がとろりと溢れてくる。

「早咲きの薔薇《ばら》が、朝露《あさつゆ》に濡れている」

芸術家であるコンラッドは、フェリシアの痴態《ちたい》を詩的に表現する癖がある。だが、美しい言葉で恥ずかしい箇所を丹念に描写されるほど、いたたまれないことはない。

「や……ぁ、言わないで……」

右手を股間に這《は》わせそろそろと陰唇《いんしん》に触れると、指がぬるっと滑った。

「あ、あぁ……」

ほころんだ蜜口を指で掻《か》き混ぜると、くちゃくちゃと蜜の弾ける卑猥《ひわい》な音が響いた。その音がさらに羞恥を煽《あお》るのに、なぜか全身はじんと甘く痺《しび》れてくる。

「乳房も弄るんだ」

「あ……こ、こうですか？」

フェリシアは、自分の手には余るほどたわわな乳房に指を埋める。柔らかな乳房をゆっくり揉みしだくと、じんわりした快感が生まれてきた。

いつもコンラッドにされているように、指先で乳首を撫《な》で擦ると、ぞわっと腰が浮き上がるほど感じてしまい、隘路がひくついた。

「は、はぁ……あ、あぁ……」

コンラッドの視線を痛いくらい感じ、目を瞑って恥ずかしい行為に集中しようとする。

熟《う》れた陰唇を撫でているだけでも心地好いのだが、和毛《にこげ》のすぐ下に佇《たたず》む秘玉《ひぎょく》が早く触って欲しいとばかりに、ずきずき脈動する。情欲に堪えきれず、そっと花芽《かが》に触れてみる。びりっと鋭い快感が駆け巡り、思わず仰《の》け反《ぞ》って嬌声《きょうせい》を上げてしまう。

「あっ、ああん、ぁあ」

下肢が蕩《とろ》けるほど気持ちいい。乳首を転がすのと同時に、秘玉をころころ撫で擦ると、痺れる愉悦《ゆえつ》に堪えきれず腰がうねった。

「はぁ、は、あぁ、あぁん、あぁ……」

「いいぞ。なんて妖艶な表情だ。素晴らしい――もっとやれ」

コンラッドの声に熱がこもり、鉛筆の走る音がどんどん速くなる。

「んんぅ、あ、ぁ、や……あぁぁ」

自らを慰めるはしたない姿を、あますところなく紙に写し取られていると思うと、異様な興奮が全身を支配した。

指を蠢《うごめ》かすたびに、こぽりと股間から溢れた愛液が、台の上に淫らな染みを広げていく。

恥ずかしくてたまらないのにもっと見て欲しいような、矛盾した気持ちが、猥《みだ》りがましい気持ちをさらに煽ってくる。

「ふぁ、や、あ、だめ、あぁ、だめ……」

凝った秘玉に指の腹を当て、小刻みに揺さぶると下肢がびくびく震え、耐えがたい熱い波が迫り上がってきた。

「やぁ、コンラッド様……達《い》ってしまいそう……あぁ、やぁあ」

わずかに手を止めて、縋るようにコンラッドを見上げた。冷静に自分を観察している彼の前で、一人で極めることが耐えがたく恥ずかしい。

コンラッドはひたと視線をフェリシアに釘付けにしたまま、何か酩酊《めいてい》したような口調で言う。

「かまわない。私の目の前で、思いきり淫らに達してしまえ」

「や、そんなの……あぁ、ひどい……あぁん」

いやいやと首を振り立てたが、昂った欲望にせき立てられ、再び自慰を開始した。隘路が焦《じ》れて、膣口《ちつくち》が求めるようにひくひく開閉する。

人差し指で秘玉を弄りつつ、中指をそっと隘路の中に沈めた。

「はぁ、ん、んぅ、はぁあっ」

自分の指に熱い柔肉《やわにく》が、待ち焦がれていたように絡みついた。徐々に中指を奥へ突き入れ、ぐちゅぐちゅと抜き差しすると、えも言われぬ快感に最後の理性の欠片も吹き飛んでしまう。

「あ、ぁあ、熱い……中、熱い……あぁ、あぁん」

きゅうきゅうと指を締めつける濡れ襞《ひだ》の感触に、自分がこんなふうにコンラッドの欲望を受け入れているのだと知り、羞恥と悦楽がないまぜになって責めたててきた。

ふいにコンラッドが椅子を蹴り立てて立ち上がり、台のまぎわまで近づいてくる気配がした。

「そうだ、その表情《かお》だ。それが欲しかった。なんて顔だ。ああいいぞ、たまらなくいやらしく、至上のエロスだ」

こんな陶酔《とうすい》したコンラッドの声は聞いたことがない。その震える低い声に、フェリシアの快感がさらに増幅した。

（ああ見られている——淫らな私を。コンラッド様の悦《よろこ》びが、私の悦び……）

フェリシアは細い中指をさらに肉腔の奥に押し入れ、臍《へそ》のすぐ下辺りのぽってり膨《ふく》らんだ部分をぐいぐいと押し上げた。コンラッドと交わる時、そこを太い雁首《かりくび》で擦り上げられると、気が遠くなるほど感じてしまい、大量の愛潮を噴き上げてしまうのだ。

「んんっ、う、あ、あ、も……あ、あぁ、達く……達っちゃう」

フェリシアは腰をがくがく震わせ、コンラッドに凝視されたまま絶頂を極めた。

びくんびくんと淫腔《いんこう》が収縮し、フェリシアの指をきつく食《は》んだ。と、同時にびしゅっと勢いよく透明の潮が噴き出した。

「あぁ、あああ、あ、あぁあっっ」

「……はぁ……ぁ、あ、あぁん……んっ」

白い喉を仰け反らし、フェリシアは全身を強ばらせて愉悦の名残を噛み締める。

「ふぁ……は、ぁ……」

息を弾ませてそっと指を引き抜くと、新たな愛液がこぼれ出た。まだ陰唇がひくひく開閉を繰り返している。

「素晴らしかった——これが描きたかった。最上の美と極上のエロスの融合だ」

そっと目を開けると、異様な興奮を抑えきれない様子のコンラッドと目が合った。

「いや……こんな、私……」

果ててしまうと、急激に理性が蘇《よみがえ》り、消えてしまいたいほどの恥ずかしさに苛《さいな》まれた。

「何を言う——私はきみの中の禁断の扉を開いたんだ。素晴らしかった——きみほど、私のインスピレーションを刺激する女性はいない」

そう言うや否《いな》や、コンラッドはまだ濡れそぼった股間に顔を寄せてきた。

あっと思ったときは、ひりつく陰唇を舐《な》められていた。

「きゃぁ、だめ、そんなこと……汚いっ」

あまりに卑猥な行為に、彼の頭を押しのけようとしたが、尖らせた舌先で腫《は》れた花芯《かしん》を突つかれると、痺れる快感に全身の力が抜けてしまった。

「や……だめぇ、コンラッド様、あぁ、あ、やぁ……」

艶やかな蜜色の髪を振り乱していやいやと首を振ったが、どうしようもなく甘く感じてしまい、腰がいやらしく揺れてしまう。

「——美味だ。きみの身体は、どこもかしこも甘くてたまらない」

コンラッドは低くつぶやき、口唇全体で熟れた蜜口にむしゃぶりつき、後から後から溢れる愛液を音を立てて啜《すす》り上げ、鋭敏な陰核を舌で転がした。

「あぁあ、あ、だめ、あ、痺れて……あぁ、あ、ぁ」

耐えきれない喜悦に恐怖すら感じ、思わず腰を引こうとすると、コンラッドは側に落ちていたサッシュの帯を手に取ると、膝を折り曲げてそこを縛ってしまった。もう片方の足も、同じように括《くく》ってしまう。

「や、あぁ、あ」

両足がM字開脚に固定され、フェリシアは羞恥で頭が真っ白になる。

「これで逃げられない」

コンラッドは満足げに言うと、濡れた花弁《かべん》を指で大きく押し開き、再び舐め回してくる。

凝った秘玉を舌で小刻みに揺すぶったり歯を立てたりして、絶妙にフェリシアを追いつめる。

「ひ、あ、ひあぁ、あ、ぁあっ」

狂おしい快感に、フェリシアは悲鳴のような嬌声を上げ続けた。

「んぅ、やぁ、も、おかしくなる……っ、もう、あぁあっ」

達するたびに全身が強くいきみ、熱い愛液がどうっと吹きこぼれ、コンラッドの顔を淫らに濡らした。

「いやいや、もう、やめて……どうか、もう、もうっ……」

瞼《まぶた》の裏にちかちかと喜悦の火花が散る。

存分にフェリシアを泣かせた後、コンラッドは仕上げとばかりにちゅうっと強く秘玉を吸い込みながら、戦慄《わなな》く膣襞《ちつひだ》の中へ骨張った指をぐっと深く押し入れた。

「っ――はぁあ、あぁぁあぁっ」

息が止まるほどの絶頂に、フェリシアは拘束された身体をがくがく震わせながら達してしまった。感じ入った濡れ襞が、勝手にきゅうきゅうとコンラッドの指を締めつけた。

フェリシアの悲鳴が、甘い啜り泣きに変わると、コンラッドはおもむろに指を抜き、顔を上げた。

「乱れたきみも、魅力的だ」

「は、はぁっ……はぁ、はっ……」

フェリシアはあまりの快感にぽろぽろ涙をこぼした。

「背徳的な美だ」

コンラッドは身を起こし、スケッチブックを手に取ると、まだ絶頂の余韻に震えているフェリシアの姿を写し始める。

「ん……は、あぁ、あ……」

朦朧《もうろう》とした意識の中で、鉛筆の音だけが淫猥に耳孔に響き、再び軽く達してしまう。

(コンラッド様が好き……この人のためなら、きっとどんな恥ずかしいことでも、嬉々《きき》として従ってしまうだろう)

甘く淫靡《いんび》な予感は、密やかな恐怖となってフェリシアの全身を戦慄かせた。

数日後のことだ。

午後に、絵のモデルとしてアトリエに呼び出された。

(今日も、何か恥ずかしいポーズを要求されるのかしら……)

アトリエに向かいながら、フェリシアの胸は妖しい期待に鼓動が速まってしまう。

(私ったら――あんなこと、恥ずかしくていやなはずなのに、なんだか身体が熱くなる。変よ、変だわ)

自分が確実に、コンラッドの色に染まっていくのを感じていた。

アトリエの中に入ると、いつものようにコンラッドは軽装で待ち受けていた。

「では、その台の上に乗りなさい」

促《うなが》されて台に上がろうとすると、厳格な声で言われる。

「何をしている。まず、ドレスを脱ぐんだ」

「――っ」

もはやヌードでモデルになることは、コンラッドの頭では必然のようだ。

「でも……」

躊躇《ためら》っていてもコンラッドは悠然と待っている。

仕方なく、アトリエの隅《すみ》でそっとドレスを脱いだ。明るいアトリエの中で一糸まとわぬ姿になるのは、ひどく頼りなく心細い気持ちになる。

両手で胸を覆って、台の上に立つ。

「今日は、スケッチした君に少し色をつけたい」

コンラッドは傍《かたわ》らのテーブルに、水彩絵の具の準備をしていた。

「ああ、その前に注文していたものが届いたんだ」

コンラッドはテーブルの引き出しから、何か見慣れぬものを取り出した。革のベルトに象《ぞう》嵌《がん》細工の板のようなものが取りつけられ、そこに小さな孔《あな》が開いていて、ベルトの中央には金の錠前が付いている。

近づいてきた彼は、それを差し出した。

「今日から、下穿《したば》きの代わりにこれを着けるんだ」

「……な、なんでしょう？」

なにか淫猥な予感がし、フェリシアは声を震わせた。

「貞操帯という拘束具だ。これを着けると、鍵を持っている私以外は、決して外せなくなる。誰一人、君を穢《けが》すことはできない――君は完璧に私のものだ」

「な――っ？」

フェリシアは青ざめた。

「大丈夫、排泄《はいせつ》行為はできるようになっている」

恥辱で身体が震える。

「そ、そんないやらしい下着を着けなくても、私は不貞行為など働きませんっ」

コンラッドが平然と答える。

「そんなことはわかっている——だがこれを着ければ、君は四六時中、私のものだという意識から逃れられない」

「そんな……」

「さあ着けてあげよう。足を開いて」

コンラッドが足元に跪《ひざまず》く。

恐ろしさに身がすくんだが、動けなかった。コンラッドが貞操帯を装着する間、ぎゅっと目を瞑って天を仰いで耐えた。

股間に金属の板がひやりと触れると、腰がぞくっと震えた。

股間を覆う細い金属の裏側には、小さな真珠が嵌《は》め込まれていてフェリシアの陰核《いんかく》にぴったりと押しつけられた。

「あっ……」

「感じるか？　動いたり歩いたりするたび、この可愛い真珠が君を責め立てるようにしてある。君は四六時中、猥《みだ》りに私を感じるんだ」

かちゃりと錠前のかかるくぐもった音に、頭がくらくらした。

「よし、これでいい」

「あ……ぁ」

身も心も完全にコンラッドに支配されたようで、意図せず胸が熱く高鳴ってしまう。

立ち上がったコンラッドは、じっくりとフェリシアの姿を眺めた。

「美しい――この器具は『ヴィーナスの帯』とも言われる。まさに美の女神の君にふさわしい、エロティックな下着だ」

「ひどい……こんなこと……」

屈辱と恥ずかしさで、身体が戦慄く。なのに、どこか心の奥の方に、淫猥な炎がちろちろと燃え上がってくる。

「いい表情だ。描きたい」

コンラッドはテーブルの側に戻ると、スケッチブックを手にした。

「足を開いたまま、少し顔を横に向けて」

「う……ぅ」

口惜しいのに、彼の言葉に逆らえない。

全身を悩ましくピンク色に染め、フェリシアは言われたままポーズを取る。

コンラッドの視線が真摯《しんし》な創作者の色に変わる。

彼が無言で絵筆を振るいだした。

当初は羞恥に震えていたフェリシアだが、コンラッドが無我の境地に入るにつれ、不思議な陶酔感に襲われる。

彼のモデルをしていると、いつもこの名状しがたい天啓に打たれたような至福の瞬間がある。

(画家としてのコンラッド様が求めるのは私だけ――私だけが、コンラッド様のモデル)

そう思うと、誇らしさで目眩《めまい》がするほどだった。

「っ？　――きゃっ」

ふいに冷たい濡れた柔らかなものが乳首を擦り、夢想に飛んでいたフェリシアは不意をつかれて悲鳴を上げた。

はっと我に返ると、目の前に水彩筆を構えたコンラッドが立っていた。

「どうした？　何をぼんやり考えていた？」

彼が瞳の中を覗《のぞ》き込んでくるので、赤面して顔を伏せる。

「な、何も……」

たった今まで当のコンラッドのことを思っていたとは、面映《おもは》ゆくてとても口にできない。

「ふん――気になるな」

コンラッドが手にした水彩筆で、ちろりと赤い乳輪をなぞった。

「あ、あぁ」

妖しい痺れが走り、悩ましい声が漏れてしまう。

「この透き通るような白い肌は、まるで無垢なキャンバスだ」

コンラッドは片手に持ったパレットから、ローズレッドの絵の具を筆に取り、ゆっくりとまろやかな乳房をなぞった。

「あ――やめて、やめてください」

「なぜ？　キャンバスに絵を描くのが、私の天命だ」

深紅の薔薇の絵が、右の肌理《きめ》の細かい乳房の上に描かれる。

「そら、艶やかな花が咲いた」

コンラッドは満足げにつぶやくと、もう片方の乳房にも見事な薔薇を描いた。

「あ、あ……ぁ」

刺激的な絵筆の感触と、ぬるつく絵の具の肌触りに、フェリシアは思わず腰を揺らしてしまう。すると、貞操帯の内側に嵌められた真珠が、鋭敏な秘玉を淫らに擦り上げる。

「は、あ……っ」

びくりとして、慌てて体勢を立て直す。

「どうした？」

コンラッドはフェリシアの反応を愉《たの》しむように、さらに絵筆を走らせた。

耳朶の後ろから首筋に、一気に緑の蔦《つた》を描かれる。

「や、あ、耳、だめ……っ」

小さめの筆の穂先がねっとりと耳の周囲を這《は》い回ると、ぞくぞく背中が震え、蜜口が淫猥に蠢いてくる。

「このストラディヴァリウス（ヴァイオリンの名器）のように完璧な曲線の背中には、何を描こうか」

コンラッドの重低音の声が背中に回り、ひやりと絵筆が押しつけられた。

「はぁ、あ、や……」

絵筆が肩甲骨《けんこうこつ》を周回し、背骨をなぞり、腰の二つの窪《くぼ》みをくりくりと抉《こ》じると、腰が抜けそうなほど感じ入ってしまい、淫らな蜜が溢れてくるのが自分でもわかった。

「刺《とげ》の鋭いつる薔薇がいいね。君をぎりぎりと縛りつける、美しく残酷な薔薇だ」

コンラッドが酩酊したような声を出す。

「ん、んん……ぁ」

見えないだけに、背中を這い回る絵筆に神経が集中してしまう。

今まさに、不世出の画家が、自分の素肌に絵を描いているのだと思うと、倒錯《とうさく》した悦びが全身に満ちる。

背中から絵筆が脇腹へ、そして前へ回ってくる。

「可愛いお臍には、特別綺麗な薔薇を咲かせよう」

コンラッドは錐《きり》の先のように細い穂先の筆を持ち、フェリシアの小さな臍の窪みを突ついた。

「ひ？　きゃ、あ、やぁぁっ」

瞬間、腰が抜けてしまいそうなほど甘く感じてしまう。

びくりと身体を折り曲げて、戦慄《せんりつ》に耐える。

「キャンバスが動いてどうする。しゃんと立つんだ」

コンラッドの声は冷酷《れいこく》だ。

「あ、はい……でも、あぁ……」

コンラッドはことさら臍を丹念に筆でなぞる。こんな小さな窪みが、こんなに蕩《とろ》ける愉悦を生み出す器官とは、思いもしなかった。

「ふ、あぁ、やぁ……ぁあ、だめ……」

フェリシアは、必死で踏ん張り背筋を伸ばそうとした。

だが、絵筆が臍を弄るたび、腰がびくんびくんと跳ねてしまう。

貞操帯の裂け目から絞り出された陰唇が戦慄き、とろりと愛蜜を溢れさせる。いやらしく流れ出したそれは、開いた太腿を伝い、ぽとぽとと台の上に淫らな水溜りを作っていく。

恥ずかしくて気持ちよくて、フェリシアはいたたまれない。

そんな彼女の様子を、コンラッドはじっくり観察する眼差しで見つめ、さらに臍を責め立てくる。

「あぁ、も、やめて……お臍はだめ……あぁ、つらい……だめ、だめ……っ」

間断なく襲う愉悦に、がくがくと足が震えてくる。自分ではどうにもならないほど、情欲が燃え上がり、甘い拷問《ごうもん》のようだ。

臍の刺激が直に子宮に響くようで、媚肉《びにく》がざわめいてフェリシアを追いつめていく。

あとひと息で、臍で達してしまいそうになるその刹那《せつな》、コンラッドはふいと筆を外す。

「さあ、臍の薔薇は完成だ」

「あ――」

絶頂に駆け上る階段をいきなり外され、フェリシアは思わず懇願するようにコンラッドを見つめてしまう。だが、コンラッドはそれを無視し、腰を低くして今度は足元から描き始めた。

「全身くまなく私の絵で君を埋め尽くそう」

下肢に響くような甘く低音の声に、心臓の脈動が速まり息が上がってくる。

足の指の間を撫で回す筆の感触すら、淫らな愛撫にすり替わる。

「ん……ん、ふ」

踵《かかと》から足の甲、脹《ふく》ら脛《はぎ》、膝《ひざ》、太腿と、まるで北欧神話の一晩で天に届いたトネリコの大樹のように、つる薔薇の絵が這い上ってくる。

見下ろすフェリシアは、自分自身が花そのものに化身するような錯覚《さっかく》に陥《おちい》る。

(たとえどんなに意地悪で傲慢《ごうまん》であれ、コンラッドが素晴らしい画家であることは間違いないわ——その人に、私は選ばれたのだ……)

倒錯《とうさく》した性の昂りと誇らしさの高揚感で、フェリシアは感極まっていた。

「さあ——あますところは、もうここだけだ」

跪いていたコンラッドが、ふうっと顔を上げた。

達成感に満ちたその表情は、心臓が鷲摑《わしづか》みにされるほど美しく魅了される。

だが、フェリシアの感傷を断ち切るかのように、コンラッドは酷薄《こくはく》そうに口の端を上げる。

そして、尖った絵筆の穂先で、貞操帯の裂け目からはみ出している、赤くぬめった秘裂《ひれつ》をそっと撫でた。

「ああっ、あああっぁ」

目も眩《くら》むような刺激に、フェリシアは甲高《かんだか》い嬌声を上げてしまう。

「仕上げに、早咲きの薔薇に滴《したた》る朝露を描こう」

彼は卑猥な手つきで、濡れた花弁とほころんだ粘膜を、何度も上下に筆でなぞった。

「んん、ふ、ふぁ、だめ、そこ、そんなに……ぁああ、だめぇ」

面映ゆい喜悦が繰り返し身体の中央を走り抜け、フェリシアは背中を弓なりに仰け反らして、びくびく痙攣《けいれん》した。

最上級の黒テンの毛で作られた筆先は、繊細で微妙なタッチでフェリシアの秘玉を捕らえた。

愛液を含んだ柔らかな穂先が、膨れた花芽を擽《くすぐ》る。

「んぁ、あ、だめ、いやぁ……あぁ、痺れて……あぁ、だめぇ」

じんじん灼けつく愉悦が下腹部を間断なく襲い、隘路は狂おしく蠢いて、フェリシアの官能の炎は燃え上がる。

「ふあぁ、あ、やぁ、漏れて……出ちゃう……あぁ、だめぇぇぇぇ」

耐えきれない刺激に、フェリシアは首をふるふる振って愉悦を逃そうとした。だが、爆発的に迫り上がる官能の悦びに、すべての思考は押し流された。

「だめ、だめ、も……達っちゃ……達っちゃいます……っ」

快感に身体が強ばり、最後にひくひく戦慄く蜜口の中につぷりと筆先が押し込まれると、

「んあぁぁあ……あぁっ、あぁぁあぁあっ」

身体がふわりと浮き上がるような絶頂が襲い、フェリシアはきゅうきゅうと筆柄を締めつけながら達してしまった。

同時に、じゅわっと大量の愛潮が噴き上り、股間から踵までたらたらと滴り落ちた。

「――完成だ」

コンラッドは大きくため息をつくと、おもむろに立ち上がった。

直立したまま、びくびくとエクスタシーに身を震わせてるフェリシアの姿を、彼は素早くスケッチする。

彼女の長く尾を引く絶頂の波が引くまで、コンラッドは恐ろしいほどの集中力でスケッチを続けた。

「……はぁっ、あ、はぁ……は、はぁ……」

ようやく身体の硬直が解けたフェリシアは、よろよろとその場にへたり込みそうになる。

「そのままだ——」

素早くコンラッドが腕を摑んだ。

彼はさっとフェリシアを横抱きにすると、アトリエの続きに設えてある小さな浴室に入った。

白いタイル張りの明るい浴室に、そっとフェリシアを下ろし、まだ愉悦の快感にぼうっとしている彼女の耳元でささやいた。

「さあ、ごらん」

「あ——」

浴室の壁には、全身が映る鏡が張られている。

そこに——。

全身くまなく見事な赤薔薇を咲かせた、美の女神が立っている。

刺の生えたつる茎が、がんじがらめにフェリシアの白い肌をのたうっている。

股間《こうこう》に装着された黒い革と金の象嵌細工の貞操帯が、まるで高価な装飾品のようだ。

神々しいまでに美しく、また恐怖を感じさせるくらい妖艶だ。

「これが――私……？」

フェリシアは陶然《とうぜん》として、鏡の中の自分の姿に見入った。

エクスタシーを極めたばかりの彼女の表情は、この世のものとは思えぬほど神秘的だった。

「そうだ、これがきみだ――ほんとうのきみ。解放されたきみだ」

「解放……？」

「そうだよ。現実世界のきみは私に支配され、拘束されている。だが、この極限の美の世界では、きみはどこまでも自由だ。天を支える世界樹のように、この世を支配できる――そして、きみをそこに連れていけるのは、私だけだ」

鏡の中のコンラッドが、背後から抱き締めてくる。

「そして、私にそれをさせられるのはまた、きみだけだ」

「コンラッド様……」

胸が熱く締めつけられ、息ができないほどの高揚感が身を包む。

こんな至福は知らなかった。

天にも地にも、二人だけ。

二人だけで紡ぐ芸術の極致《きょくち》。

(私とコンラッド様なら、それができる……)

いつの間にか、フェリシアは滂沱《ぼうだ》と涙を流していた。

「——何を泣く?」

コンラッドが、鼓膜を震わすようなバリトンの声でささやく。

「嬉しくて……こんな、こんな幸せな気持ち、生まれて初めてです」

「フェリシア——」

背後から顔を寄せ、コンラッドが唇を覆ってくる。

「ん……」

フェリシアは、素直に口づけを甘受する。

「んん、ん……ふ……」

次第に深くなる口づけに、フェリシアは我を忘れる。

と、突如、コンラッドが片手を伸ばしてシャワーのコックをひねった。

ざあっと大量の水滴が、頭上に固定してあるシャワーヘッドから降り注いだ。

「きゃあっ」

不意をつかれたフェリシアが、唇を振りほどいて悲鳴を上げた。

湯は適温ではあったが、突然で驚いたのだ。

次の瞬間、はっと気がつく。

「あっ、コンラッド様、絵の具が……っ」

身体に描かれた水彩画が、みるみる流れ出してしまう。

「だめ、せっかくの絵が――消えてしまう」

狼狽えるフェリシアを、コンラッドが抱きすくめる。

「いいんだ。きみが世界を支配できるのは、ほんの刹那だ。儚《はかな》くもろい美――それがきみだ」

彼は熱のこもった目でフェリシアを見つめ、再び唇を奪ってくる。

「ふ……ぐ、は、あ……」

強く舌を搦《から》め捕《と》られ、みるみるフェリシアの意識はぼんやりしてしまう。

「はぁ、は、ん、んんぅ」

二人はずぶ濡れになりながら、何度も舌を絡めた。

フェリシアの身体から流れ出した絵の具は、幾筋もの流れとなり、床に七色の渦《うず》を作りながら排水溝へと呑まれていった。

その日を境に、コンラッドはフェリシアに様々な痴態をさらすよう求めてきた。

ヌードになるのはもちろん、恥ずかしいポーズや自慰などを要求され、そのたびに羞恥と愉悦の二律背反《にりつはいはん》の狭間で、フェリシアは甘く妖しく悶えた。

（コンラッド様が求めるのは私だけ――私だけが、コンラッド様のモデル）

そう思うと、誇らしさと愛情で目眩がするほどだった。

貞操帯は、夜コンラッドとベッドを共にするまで、一日中装着させられた。

常に下腹部を刺激するその悩ましい拘束具は、否応《いやおう》なしにコンラッドの支配をフェリシアの身体と心に刻み込むのだった。


（今日は、どんなふうに苛《いじ》めてしまおうか――）

アトリエで描きかけのキャンバスを前に、コンラッドは自分の筆が滞《とどこお》っていることにも気がつかなかった。

強引に奪うようにフェリシアと結婚して、三ヶ月が経った。

フェリシアはコンラッドが想像していた以上に、希有《けう》な素材だった。

無垢なフェリシアの処女を奪い、毎晩舐めるように抱いているうちに、彼女は次第に性の悦びに目覚め、それが日ごとに加速していくようだ。

絵のモデルとして、様々な痴態を強要すると、彼女はいやいやながらも律儀に命令に従い、た。

恥辱と官能の狭間《はざま》で煩悶《はんもん》する。
その姿が、異常なほど淫靡で美しい。
これまで何人もの女性と浮き名を流したが、決して深入りして心奪われることなどなかっ
た。
(十八歳のときに、私は一生女を愛さない、と誓ったのだ)
その誓いは、これまで破られることはなかった。
なのに、フェリシアを見初めてから、コンラッドは自分がまるで青春期に戻ってしまった
かのように浮き足立っているのを否めなかった。
落ちぶれて負債のために結婚を承諾したのに、彼女には少しもへつらったり卑下《ひげ》したりす
るところはなかった。
どんなに淫らに責め立てても、ほっそりした身体のどこにそんな強い芯があるのかと思う
ほど、彼女は無垢な気品を失わない。
穢されれば穢されるほど、フェリシアは泥の中に艶やかに咲く蓮《はす》の花のように美しさを増
す。
コンラッドは、彼女をもっともっと弄り、おとしめ、泣かせてやりたいという淫欲に襲わ
れる。
いやいやと恥じらいながら、官能の悦びに堕ちて乱れ悶える姿が、ぞっとするほど愛《いと》おし

い。何度も何度も、滾《たぎ》る自分の欲望を彼女の中に叩き込みたい。

(おかしいぞ――この私が)

コンラッドは頭を振って、妄想を振り払う。

もうすぐ可愛い妻がアトリエへやってくる。

今日も彼女のために、特別な趣向を凝《こ》らしてある。

コンラッドはぞくぞくしながら待ち受けていた。


その朝、フェリシアが目覚めると、横に寝ているはずのコンラッドの姿がなかった。

(今日は、会社に早めに出られる予定だったかしら――)

慌てて起き上がり、枕元の呼び出しベルを鳴らしたが、次の間に控えているはずのメイドが現れない。いつもなら、一番若いメイドのスーザンが、洗面用具を持ってくるはずなのだ。

(どうしたのかしら?)

寝間着の上にガウンを羽織り、寝室から廊下に出ると、階下で何やらざわついている。

階段の上から玄関ホールを覗《のぞ》くと、使用人たちが集まってひそひそ話をしている。皆一様に不安げな表情だ。難しい顔をして立っているスティーヴの姿もある。

「スティーヴ、何かあったの?」

フェリシアは階段を下りながら、執事長に声をかけた。

はっと振り返ったスティーヴは、下りてきたフェリシアに丁重に頭を下げた。

「おはようございます、奥様。騒いで申し訳ありません。すぐに朝食の用意をさせますので――」

「私は何かあったか聞いているのよ、コンラッド様はどちら？」

フェリシアは使用人たちのただならぬ様子に、少し口調を強めて尋ねた。

スティーヴは少し躊躇った後、言葉を選ぶようにして答えた。

「ご主人様は、ただ今ご自分の書斎で、メイドとフットマンにお話をしております――」

「話って――？　そういえば、ここには私付きのメイドのスーザンがいないみたいね」

「は――その、スーザンが呼ばれておりまして」

いつもは簡潔にものごとを説明するスティーヴの、奥歯にもののはさまったような言い方に、フェリシアはますます不審に思う。

「スティーヴ、お願い、教えてちょうだい。いったい、何があったというの？」

「は――」

スティーヴが困惑《こんわく》したように口ごもる。

「もうよいスティーヴ、不祥事は片付いた」

ふいに深い声がして、書斎のある廊下からコンラッドが足早にこちらに歩いてくる。

そこに集まっていた使用人たちが、慌てて整列した。

「コンラッド様、どうしたというの？　不祥事って……？」

フェリシアは途中で言葉を呑んだ。

コンラッドの後ろに、青ざめてうつむいた男女が従っていたからだ。一人はスーザン、もう一人は若い背の高い、郵便物を仕分けする係のフットマンだ。

コンラッドは使用人たちの前に立つと、威厳のある態度で言った。

「今日付けで、メイドのスーザンとフットマンのロベルトは解雇することになった」

使用人たちは全員緊張しきって聞いている。

コンラッドは背後の若い二人を振り返り、冷ややかな声で告げた。

「お前たちは、すぐに荷物をまとめ、スティーヴから賃金の精算を受けたら、即座にここを出ていくように」

スーザンは啜り泣き、ロベルトの目はまっ赤だった。

「以上だ――解散」

フェリシアは、慌ててコンラッドに声をかけた。

「ま、待って、コンラッド様。事情を説明してください。スーザンは、私にとても忠実に仕えてくれていました。なぜ、いきなり辞めさせてしまうのですか？」

コンラッドはフェリシアに顔を振り向け、表情を動かさずに答えた。

「この二人が、密かに屋敷の中で逢《あ》い引きをしていることが露見《ろけん》したのだ。召し使い同士の恋愛は、御法度《ごはっと》だ。あまつさえ、スーザンは妊娠しているというのだ」

「なんですって!?」

フェリシアは目を見開いて、スーザンとロベルトを見た。ロベルトはがくがく震えながらも、今にも倒れそうに蒼白《そうはく》な顔をしているスーザンの肩を支えている。

フェリシアは、あまりに痛ましい二人の姿に、胸を打たれた。

「コンラッド様、愛し合う若い二人なのに——許してあげられないのですか?」

フェリシアが真摯な眼差しでコンラッドを見上げると、彼はぴくりと綺麗《きれい》な片眉を上げた。

「きみはまだ、上流貴族階級の規律をよく知らないのだろうが、屋敷の主人たる者は、主従契約を結んだ使用人に対しては、生涯の保障を与える責任がある。その代わり、使用人にも厳格な服従を求めるのだ。屋敷内の使用人たちの恋愛が禁止事項なのは、そのために生じる混乱と、仕事のロスがあまりに大きいからだ」

フェリシアは滔々《とうとう》と語るコンラッドの言葉を、じっと聞いていた。

彼が言い終わると、フェリシアは小声だがはっきりと言った。

「でも、上に立つ者には、慈悲も必要です」

コンラッドはまさか言い返されるとは思っていなかったのか、ぐっと唇を引き締めた。

周囲の使用人たちも、フェリシアの言葉にはっと顔を上げる。

フェリシアはスーザンとロベルトに目を向け、さらに言いつのる。

「見てください、コンラッド様。いけないとわかっていても、恋することを止められなかった二人なのです。ましてや、スーザンのお腹には新しい命が宿っています。追い出すなんてひどいこと、お願いだから考え直してください」

フェリシアの言葉を聞いたスーザンが、啜り泣きながら言う。

「お、奥様……なんとお優しいことを……そのお言葉だけで、もう充分です。悪いのは私たちです。もう、覚悟はできましたから……」

「スーザン、彼を愛しているのね？」

スーザンは嗚咽《おえつ》を嚙み殺しながら、こくんとうなずく。

フェリシアはコンラッドに向き直った。

「お願いです、コンラッド様。この二人を許してあげて。ほら、庭に小さな離れがあったでしょう？　あそこを二人にあてがってあげたらどうでしょう？　スーザンには、体調の許す限り働いてもらって。子どもが生まれたら、育てながらだって働くことはできます」

コンラッドは端整な顔を厳しく引き締め、恐ろしい目つきでフェリシアを睨《にら》んでいる。

「きみは、私に命令するのか？」

射るような視線に、フェリシアはすくみ上がった。だが、勇気を奮い起こす。

「いいえ、そんなだいそれたこと、できません。ただ、お願いしているのです。どうか、お慈悲を――」

真心を込めてコンラッドを見つめると、彼の視線がわずかに揺れた。

「ど、どうか、ご主人様。私からもお願いします」

ふいに、脇からスティーヴが進み出て、低く頭を下げた。

コンラッドがぐっと息を呑む。

「ご主人様、私からもお願いします」

「ご主人様、私もお願いします」

次々に使用人たちが口を開いた。

フェリシアは嬉しい驚きで、背後の使用人たちを振り返る。

コンラッドは眉間《みけん》に皺《しわ》を寄せて、懇願する使用人たちを見つめた。

スティーヴが付け加える。

「私は、思いつめたあの二人が、心中しようとしていたことも知っています。ご主人様、若い二人と、とりわけまだ生まれぬ無垢な魂をお救いください」

コンラッドはスティーヴに、何か言いたげな眼差しを投げた。

老いた執事はまっすぐに主人を見た。

ふいに、コンラッドが天を仰いだ。

彼はしばらく、瞼を伏せじっとそのままでいた。何かと葛藤しているような表情だ。

フェリシアは、瞬きもせず心を込めてコンラッドを見つめていた。

やがて、彼は顔を戻し目を開いた。

そして、冷静な声で言う。

「よろしい——二人は、我が屋敷に留まることを許す」

その場にいる全員が、ほっと安堵《あんど》のため息をついた。

スーザンとロベルトは身を寄せて、互いの手を強く握った。

「庭の離れを生活の場として与える。出産には医師も呼ぶ。お前たちには、今まで以上にマクニール家への忠誠を求める」

「ああ——！　ご主人様！」

ロベルトとスーザンが、コンラッドの足元に這い寄り、平伏《へいふく》した。

「感謝いたします！」

「生まれてくる子ども共々、生涯、ご主人様に誠心誠意、お仕えします！」

フェリシアは感極まって涙が溢れ、両手で顔を覆って泣いた。

使用人たちも、皆感涙にむせんでいる。

「もうよい——さあ、全員自分の仕事に戻れ」

コンラッドが、ぱんと両手を打ち鳴らした。使用人たちはいっせいに散り散りに各々の仕事に戻っていった。

スティーヴはフェリシアに恭しく一礼し、去っていく。

ロベルトに支えられ、よろよろと立ち上がったスーザンに、フェリシアはにっこり微笑んだ。

「スーザン、食事の後でいいので、洗面とお化粧の仕度をしてちょうだい」

スーザンは泣き笑いで答えた。

「かしこまりました、奥様」

使用人たちが解散すると、玄関ホールはむっつりと腕組みをしているコンラッドとフェリシアだけになった。

「寛大な処分を、ありがとうございます」

フェリシアが心から感謝の言葉を口にすると、コンラッドは硬い声のまま言う。

「仕方あるまい。使用人たち全員が、きみ側に付いたからな。当世流行の、民主主義の多数決の原則というやつだ」

フェリシアには、なんのことか意味がわからない。

きょとんと無邪気に首を傾けると、ふっとコンラッドが苦笑いした。

「さすがに、美の女神《ミューズ》だけある。周囲の誰もが、きみに魅了されるというのは、夫としては誇らしくもあるが、少しやっかいだ」

コンラッドが怒っていないことが感じられ、フェリシアは胸を撫で下ろした。

コンラッドは普段の落ち着いた態度に戻っている。

「朝食にしよう」

「はい」

フェリシアは、差し出されたコンラッドの腕に自分の手を絡めた。

午後、いつもの時間にフェリシアがアトリエに行くと、コンラッドがすでに筆を走らせていた。

絵に集中しているときの彼は、物音にも気がつかない。

フェリシアは、彼の気持ちを乱さないようにそっと足音を忍ばせた。近づくと、彼の描いている絵が覗けた。

十号（五十三センチ×四十一センチ）ほどのキャンバスに、秋の郊外の風景が描かれている。

晩秋らしい少し寂しい風景だが、心がすうっと静謐《せいひつ》になるような味わいのある絵だ。

(ほんとうに、こうしてコンラッド様の見事な絵を直に見られるだけでも、素晴らしいことだわ)

フェリシアは、コンラッドの少し後ろに控えて、しみじみと絵が出来上がっていく過程を見守っていた。

「——来たのか？」

ふいに背中を向けたまま、コンラッドが声をかけてきた。

「あ、はい」

どういうわけか、創作の世界から戻ってくると、彼はフェリシアの存在を敏感に感じ取るらしい。

「こちらにおいで。今日はきみのために、新しい椅子を用意した」

「はい」

言われるまま、前に進み出る。

アトリエの中央に、杢目《もくめ》の美しいマホガニー製の大きな肘掛け椅子と、子どもが乗るような揺り椅子型の木馬が置いてあった。

揺り椅子の方は、普通の椅子より背もたれが後ろに深く倒れ、また背もたれの部分も長く、その両端に革ベルトのようなものがついている。やけに低い肘《ひじ》かけに当たる部分がハの字型に開き、そこにも革製のベルトが付いている。何より奇妙なのは、腰掛けの部分だ。革のクッションを張ったU字型をしている。あれに腰掛けたら、お尻がすとんと落ちてしまいそうだ。

木馬の方は、大人が乗れるほど大きく、黒檀《こくたん》に緻密《ちみつ》な彫刻が施され、本物の革の手綱《たづな》や轡《くつわ》、鞍《くら》まで付いている。まるで生きている馬のような見事な細工だ。だが、奇妙なことにこの馬は双頭だった。前後に頭が付いている。そして、鞍の真ん中に異様な物が装着されている。

目を凝らしてそれを見たフェリシアは、はっとして耳朶まで真っ赤になった。

木製の張り型だったのだ。

男根を模《も》したそれは、巨大で黒光りしていた。

どきまぎする彼女の様子を、コンラッドが愉しそうに見ている。

「どうだね。どちらも一流の職人に注文し、きみのために作らせたのだ」

フェリシアは身を縮めて小刻みに震えた。もう片方の肘掛け椅子も、性的な目的で作らせたであろうことが想像に難くない。

「さあ、どちらに座りたい？」

コンラッドが親切めいて選択権を与えてくるが、それがもはや弄りでしかない。

フェリシアは、首をかすかに振る。

「いや……どっちも、いやです」

するとコンラッドは酷薄《こくはく》な笑みを浮かべた。

「これは失礼した。どちらも選べないということか。では、両方味わわせてあげよう。ドレスを脱ぎなさい」

「――どうか……」

無駄な抵抗であると知りつつ、縋るように見上げてしまう。

怯《おび》えた目で見つめるフェリシアを、コンラッドはちろちろと淫欲《いんよく》の炎が燃える瞳で見つめ返す。

「早くしなさい」

「――はい……」

フェリシアは小さいため息をつくと、部屋の隅に行ってドレスを脱ぎ始める。いつになっても、人前で脱衣することに慣れない。

貞操帯ひとつになって、両手で乳房を隠すようにして進み出ると、コンラッドが待ちかねたようにトラウザーズのポケットから取り出した鍵で、貞操帯の錠前を外した。

「っ――」

貞操帯の拘束が解けた瞬間の、すうっと外気に陰部がさらされる感覚が、背徳的な疼きを生み出す。

「では、まずその揺り椅子に座りなさい」

「は、はい……」

おそるおそる、揺り椅子に腰を下ろすが、U字型の腰掛けから落ちてしまいそうで、必死で低い肘掛けに手を添えて身体を支えた。

「あ――コンラッド様、落ちそうです」

「おばかさんだね。そう座るのではない。肘掛けに足を載せるんだ」

「えっ？」

どうしていいかわからずにいると、さっと近寄ってきたコンラッドが、細い足首を摑んで肘掛けに載せ、革のベルトで固定してしまう。

「きゃっ……やめて、怖い……っ」

両足が大きく開いてしまい、バランスが取れずに後ろにひっくり返りそうだ。

「心配するな、倒れないようにできている」

彼はフェリシアの両手を、大きな背もたれの左右の革ベルトで括りつけた。

「ああっ」

フェリシアは、大きく開脚し両手を拡げた恥ずかしい姿勢のまま、椅子に固定されてしまった。

「さあできた——椅子とぴったり一体化して、美しいオブジェのようだ」

コンラッドは一歩下がり、満足げに言う。

「あ……あぁ、恥ずかしい……下ろしてください」

身動きできず、顔を背けて羞恥に震える。

「そうはいかない——きみは私のモデルだろう？」

コンラッドはトラウザーズのポケットから、小さなガラス瓶を取り出した。

「これは特別なプレゼントだ」

透明な瓶に、何かとろりとした蜂蜜色の液体が入っている。フェリシアは、警戒しながら彼の手元を見つめた。

コンラッドは蓋《ふた》を外すと、優雅な手つきで瓶をフェリシアの前に掲げた。そのまま、ゆっくりと瓶を逆さにする。

ねっとりした液体が、フェリシアの乳房の上に滴り、そのままゆっくりと下腹部へ伝っていく。ひやりとした感触に、身体がすくむ。

「あ？　何、これ？」

液体が伝っていく素肌が、ぴりぴりした。

「東洋の媚薬《びやく》だ。あちらの皇帝は、これを使って後宮の女性たちを淫らに狂わすそうだ」

「び、媚薬？」

「そうだよ。こうすると――」

コンラッドは自分の指に液体を受け、フェリシアの乳首に掠めるように塗りつけた。

「あっ」

じわっと灼けつくような疼きが走り、フェリシアはびくりと腰を浮かせた。軽くひと塗りされただけなのに、乳嘴がじわっと痺れてくる。

たちまち乳首が硬く立ち上がって、凝ってくる。

「あ、や……」

胸元から流れ落ちた媚薬は開いた股間に辿り着き、陰唇や後孔まで濡らしてきた。

「あぁ？　あ、あぁっ」

媚薬に濡れた箇所が、じんじんと甘痒く疼き、それがみるみる下肢や爪先、脳天まで犯していく。

「もう疼いてきたか。噂通りの効き目だな」

コンラッドは感心した声を出し、瓶の中の残りすべての媚薬をフェリシアの陰部に振りかけた。

「ひ……や、あぁ、熱い……何これ？」

粘膜から直に染み込んだ媚薬は、かっかと下腹部全体を凄まじい勢いで火照《ほて》らせる。

コンラッドはスケッチブックを手にすると、フェリシアの前に立った。

「やあ……こんなのいや……助けて……」

恐ろしいほどに身体が淫欲に犯され、媚肉《びにく》がはしたなくひくつき、そそうをしたのかと思うほど大量の愛蜜が後から後から溢れてくる。

「素晴らしいな——背徳の劫火《ごうか》に炙《あぶ》られる聖女だ」

コンラッドは淫猥に喘《あえ》ぐフェリシアに、ひたと視線を据えたまま鉛筆を走らせる。

「いやいや、見ないで……描かないで……こんな私……っ」

耐えがたい欲情と必死で戦いながら、フェリシアは拘束された身体をくねらせた。

媚薬による飢《う》えは過酷なほどで、もし両手が自由ならば、恥も外聞もなく蜜口に指を突っ込んで、花芽や陰唇を存分に掻き回してしまうだろう。

「花びらが物欲しげにぱくぱくして——秘玉が真っ赤に膨れ上がっている」

「ああやめて、言わないで……あぁ、苦しい……は、はぁっ」

媚薬混じりの愛液が、U字形の腰掛けからはみ出した尻肉からぽたぽた滴り、床に淫らな染みを拡げていく。

「満たされない淫欲に足掻《あが》きみは、ぞっとするほど美しいね。私だけが知っているきみだ——」

コンラッドの鋭い青い視線にさらされると、心臓が高鳴り、身体中の血が沸き立つ。目で犯される。

下腹部の奥深いところから、きゅーんと締めつけるような快感が上がってくる。

「はぁっ、は、あぁ、だめ、見ないで……あぁ、だめぇ……っ」

フェリシアが不自由な身体を力任せに捩り、頑丈な椅子がぎしぎしと軋《きし》んだ。

「やぁ、おかしく……つらい……あ、あ、も、もうっ……」

苦しいくらいの愉悦が迫り上がり、フェリシアは燃え上がった肉体を戦慄かせ、昇りつめてしまう。

「だ、め……ぇ——っ」

目尻に屈辱の涙を溜め、フェリシアは弓なりに仰け反ってびくびく痙攣《けいれん》した。

「――これは凄まじい。見られただけで達ってしまったのか？　私は指一本触れてもいないのに――」

鼓膜がうるさいほどばくばくと鼓動を響かせ、コンラッドの悩ましい声が、遥か遠くから聞こえてくるようだ。

「……う、うぅ……う」

淫らに達してしまったが、飢《う》えた隘路は何も満たされず、再び燃え上がりフェリシアを追いつめる。

「いや……こんなの……」

フェリシアは涙で濡れた目で、コンラッドを見つめる。

「コンラッド様……お願い……欲しいの……中に……」

こんなはしたないせりふは、媚薬が言わせているのだと、フェリシアは汚辱に喘ぎながら自分に言い聞かす。

「奥に挿《い》れて……めちゃくちゃにして……」

言葉が勝手に飛びだし、屈辱と懇願の涙が溢れてくる。

「無垢で清らかだったきみが、そんなはしたないお願いをするとは――いけない子だ」

「あぁ、あぁあ……」

彼に「いけない子」と言われるだけで、痺れる戦慄《せんりつ》が背中を駆け抜ける。

「いけない子」は、お仕置きをされるのだ。

甘く淫靡にひどく――。

コンラッドがスケッチブックを置き、ゆっくりと近づいてくる。

フェリシアを括っている革ベルトを、わざと時間をかけて外していく。

「ん、早く……」

焦れてじたばた足を動かすと、コンラッドが薄く笑う。

赤ん坊をあやすように、汗ばんだフェリシアの頬を指で擽る。

「焦《あせ》るんじゃない――これからもっとよくしてやるんだから」

「あ……ぁ」

やっと求めていたものがもらえる、とフェリシアはほっとする。

欲しい――コンラッドの熱く逞《たくま》しい男根で、ぎりぎりと飢えた膣壁を切り開いて欲しい。

やっと拘束が解かれ、フェリシアは力の抜けた身体をコンラッドに支えられ、ふらふらと肘掛け椅子を下りた。

「コンラッド様、コンラッド様ぁ……」

夢中になって彼の腕に縋りつくと、振り乱した髪を優し気に撫でつけられる。

「いい子だ――さあ」

コンラッドは足の萎《な》えたフェリシアを抱えるようにして、側の揺り木馬まで連れていく。

媚薬にのぼせてぼうっとしていたフェリシアは、はっとして身体を強ばらせた。

「や——これは……」

コンラッドは促すように顎を上げた。

「さあ、ここに腰を下ろしなさい」

フェリシアは目を見開く。

木馬の鞍の上に禍々《まがまが》しく屹立《きつりつ》する張り型に、視線が釘付けになる。

いつも雄々しく巨大だと思っていたコンラッドの欲望より、まだひとまわりも大きい。

「い、いや……あんなもの……だめ……」

怯えて腰が引ける。

するとコンラッドの声が、冷ややかになる。

「きみに拒否権はない。言われた通りにしなさい」

深みのある硬質な声に、背中が戦慄く。思わず言いなりになってしまいそうなほど、迫力のある低い声だ。

だがフェリシアは、なけなしの勇気を振り絞り、いやいやと首を振る。

「こんなの、いやです……怖い……」

コンラッドの目がすうっと眇《すが》められる。

「座るんだ」

殺意すら感じる声色に、フェリシアは震え上がる。

のろのろと木馬を跨《また》いだ。

だが恐ろしさに腰を下ろせない。

「そら、きみの濡れそぼって飢《う》えきった花園を満たしてやりなさい」

促され、おそるおそる腰を沈めていく。

コンラッドの灼熱の男根と違う、ひやりと硬い木の感触が蜜口に触れると、びくりと腰が浮いた。

「あ……むり、です」

最後の懇願とばかりに、涙目でコンラッドを見つめたが、彼は平然と言いつのる。

「早くしないか」

「う……う……」

そろそろと腰を沈めていくと、すでに蕩けきっていた秘裂はぬるりと張り型の先を呑み込んだ。

「あっ……あっ、あ」

疼き上がった媚肉がぐりぐりと擦られる心地好さに、恐怖は一瞬で掻き消えた。

ぺたりと腰をつけると、太い先端がぐぐっと子宮口を押し上げた。

「やぁっ、あ、あぁぁぁっ」

信じられないほど大きな快感に、フェリシアは力任せにイキんで張り型の胴体を締めつけてしまう。

「は、はぁ、あああっ」

締めつけるほどに愉悦が深くなり。熱く灼けた膣襞がきゅうきゅうと収斂《しゅうれん》を繰り返す。

「ん、んぅん、ははぁ……」

仰け反って快感を貪《むさぼ》っていると、コンラッドは彼女の腕を後ろに回し、後ろ側の馬に装着されている手綱に、きりっと手首を括りつけた。

それからおもむろに、揺り木馬を大きく揺すった。

「いやぁ、あ、ああ、揺らさないで……っ」

最奥までずんずんと突き上げられ、真っ白なエクスタシーの閃光が脳裏を射貫《いぬ》いた。

「すごい……あぁ、だめ、許して……っ」

行きすぎた快感に恐怖すら感じ、逃れようと身悶えると、木馬がさらに大きく揺れてしまう。

「そうだ、そうやって自分で感じやすい部分を突き上げて、感じるんだ」

一歩後ろに下がったコンラッドが、ためつすがめつフェリシアの痴態を眺めた。

「んぅ、達く……あぁ、また、達く……っ」

ぐらぐらと揺さぶられながら、フェリシアは立て続けに絶頂を極めてしまう。

だが媚薬で爛《ただ》れた蜜路の欲望は止まるところを知らず、もっともっとと彼女の淫欲を煽り立てた。

「はっ、はぁ、はぁあ、あぁぁん、あぁあ」

いつの間にか、自分で腰を揺すり立て、木馬を大きく揺らしていた。

「震えが来るほど美しい——下半身が獣の神話のケンタウロスは、性欲の象徴だ。きみはいま、その神話を体現している。神聖で堕落したセントール（雌のケンタウロス）だ」

コンラッドは熱に浮かされた表情で、床に落ちていたスケッチブックを拾い上げ、取り憑《つ》かれたようにフェリシアの痴態をデッサンし始める。

「やぁ、や、見ないで……こんな私……あぁ、い、いい……っ」

脳内を直に官能の手がぐしゃぐしゃに掻き回すような愉悦に、フェリシアはもはや何も考えられなかった。

硬い張り型で燃え上がるような子宮口を何度も突き上げられ、快感が繰り返し爆《は》ぜる。

「ん、あ、や、出る……あ、出ちゃう……あぁいやぁあ」

膣壁の感じやすい部分をぐっと押され、熱い潮が一気に迸《ほとばし》った。

「あぁああ、いやぁああ、あぁあぁあぁっ」

腰が砕けそうな法悦に呑み込まれ、フェリシアは甲高い嬌声を上げながら大量の愛潮を撒き散らした。

「ひ……は、はぁ、は、ひぅ……」

何度目かわからないほど達してしまい、しまいには声すら嗄《か》れ果てた。

後ろ手で括られていなかったら、そのまま床に頽《くずお》れてしまったろう。

ゆらゆら揺れる木馬に跨がったまま、フェリシアはがくりと首を垂れた。

意識が軽く飛んでしまった。

(ああ……やっと、この官能地獄から解放される……)

そう思った刹那、完全に気を失ってしまう。

「フェリシア」

どこか遠くでコンラッドが名前を呼んだ。

縛《いまし》めが解かれ、ぐらりと倒れ込んだ身体を男の逞しい腕が抱きとめてくれる。

「私の天使――」

確かにそう聞こえた。

汗ばんだ額に優しく口づけされた気がする。

ひんやり乾いた唇が、熱を帯びた肌に心地好かった。

彼の体温を感じたとたん、フェリシアは再び軽く達してしまった。

「コンラッド、様……」

唇がわずかに動いて、愛しい人の名前を呼ぶ。

まるで守るように男の唇が、口唇をそっと押し包む。
とてつもない安心感と陶酔感を感じながら、フェリシアは意識を薄れさせていった。

第五章　誤解とすれ違いの果て

晩秋の日曜日。
その日のロンドンの天気は荒れていた。
珍しく嵐が到来していた。
びゅうびゅうと激しく吹き荒れる雨風が、窓ガラスにばちばちと打ち当たる。
コンラッドは朝からなんだか上の空のようだった。
いつもの彼は、教養溢れる豊富な話題で饒舌《じょうぜつ》に話しかけてくる。
だが、今日は口数が少なく端整な顔に陰鬱《いんうつ》そうな陰があった。
「今日は天気も悪い。創作意欲が湧かない。アトリエには誰も入るな」
昼餐の席で彼はそう言い捨てると、さっさと書斎にこもってしまった。
フェリシアはそんなコンラッドを初めて見た。
いつも、彼は自信に溢《あふ》れ尊大な態度を崩さない。
フェリシアは彼を畏怖《いふ》しながらも、そういう彼に強烈に惹《ひ》かれていたのだ。
（どうなさったのだろう――）

気にはなったが、書斎に押しかけて問いただす勇気はなかった。

お茶の時間になり、食堂に下りようかどうしようか迷いながら部屋を出ると、玄関ロビーでスティーヴがメイドたちと共に、何か運び込もうとしているのを見かけた。

「スティーヴ、何をしているの？」

階段を下りながら声をかけると、メイドたちに指示をしていたスティーヴはぎくりとしたように振り返った。

ロビーには、床を埋め尽くすほどの黄色いキンセンカの花が積み上げられていた。

スティーヴは一瞬狼狽《うろた》えたように表情を変えたが、すぐにいつもの穏《おだ》やかな執事の顔に戻った。

「ご主人様が、アトリエにお花を飾るようにとのご命令にございます」

「すごい量ね」

花屋を営んでいたフェリシアは、興味をそそられる。

スティーヴは咳払《せきばら》いしながら、

「少しご気分を変えたいとのことですので――」

と答えた。

彼はそそくさとメイドたちと花を運んでいってしまった。

残されたフェリシアは、床に落ちていた一本のキンセンカの花を拾い、匂いを嗅《か》いだ。きつく甘い香りが鼻腔《びこう》に満ちた。

部屋に戻って一輪挿しにキンセンカを活《い》け、テーブルに飾った。

ぼんやり花を見ているうちに、ふっとキンセンカの花言葉を思い出した。

「悲嘆」

この花言葉は、ギリシア神話のアポロン神を慕《した》う、王女と妖精の娘の三角関係の悲劇からきている。恋に破れた妖精の娘は、悲嘆のあまりキンセンカの花に変身するのだ。

不吉で哀《かな》しい花言葉だ。花屋をしているときも、フェリシアはお祝いの花には決して使わないようにしていた。

ふいに胸騒ぎがした。

フェリシアはわけもない不安に襲われ、アトリエに向かった。

今日は入室を禁じられていたが、思いきって扉を開けた。

「っ――」

アトリエの一面に、黄色いキンセンカが飾られ、花に囲まれるようにしてコンラッドが跪《ひざまず》いていた。まるで祈りを捧げる殉教者《じゅんきょうしゃ》のように見えた。

まだ雨足が強く、アトリエの天窓をざあざあと叩いている。

コンラッドの背中からは、悲痛な気配が漂っている。

「――コンラッド様……」

思わず声をかけると、はっと振り返った彼の表情は異様に虚《うつ》ろだった。

「そこで何をしている」

コンラッドの声は氷のように冷ややかだった。

フェリシアは戦慄《せんりつ》した。

「わ、私……」

コンラッドがゆっくり立ち上がる。

「今日はアトリエに入るなと言ったはずだ」

フェリシアは近づいてくるコンラッドから狂気を感じ、足が竦《すく》んだ。

「ごめんなさい……でも、私、コンラッド様が心配で……」

「私の何が？」

コンラッドが乱暴にフェリシアの顎《あご》を摑んで仰向かせる。フェリシアは勇気を振り絞って言う。

「コンラッド様が、泣いているみたいに思えて……」

「泣く？　私が？」

コンラッドが苦く微笑んだ。

「ばかなことを」

フェリシアはその微笑に胸が抉《えぐ》られるような気がした。

「でも、でも……何かお心に抱えておられるのなら、私に何かできませんか？」

刹那《せつな》、コンラッドの表情が苦しげに歪《ゆが》んだ。だが、すぐ彼は口元を引き締めた。

「小娘のきみに何ができる？」

フェリシアは声を振り絞った。

「でも、私はあなたの妻です。契約結婚かもしれないけれど、妻としてコンラッド様のお力になりたい……！」

いつもなら、大人の彼の強い言葉に言い負かされ黙ってしまうのだが、不吉な黄色い花に囲まれた彼は凄絶なほど孤独に見え、フェリシアは胸が引き裂かれそうな想いにかられていた。

「そうか——」

コンラッドはふいに眩《まぶ》しそうに目をしばたたいた。

それから彼は、フェリシアの腕を強く摑み、キンセンカの花の輪の中に連れ込んだ。

濃厚な甘苦しい花の芳香に、頭がくらくらするほどだ。

「では、そこに跪きなさい」

フェリシアは言われるまま、コンラッドの足元に膝《ひざ》を折った。

コンラッドはおもむろにトラウザーズの前を寛《くつろ》げ、すでに硬度を増している男根を引き摺《ず》り出した。

こんな目の前で、あからさまに彼の欲望を目にしたことは初めてで、その逞《たくま》しさと禍々《まがまが》しさに、フェリシアは息を呑んだ。

滾《たぎ》った亀頭の先端がびくつき、強い雄の匂いが漂う。

「私を口で慰めるんだ」

「っ——」

フェリシアは心臓が跳ね上がった。コンラッドが、自分の秘所を口で愛撫《あいぶ》するときの記憶がまざまざと蘇《よみがえ》り、淫《みだ》らな気持ちが煽《あお》られた。

「どうした？　なんでもするのだろう？」

屹立《きつりつ》がぶるっと震《ふる》えて、フェリシアの頬を叩いた。

「は……い」

フェリシアは意を決し、おずおずと両手で剛直を包むと、先端にそっと舌を這《は》わせてみた。

「んっ……」

鈴口《すずくち》から染み出した先走りの雫《しずく》の、つんと生臭い味が舌を淫らに痺《しび》れさせる。そのまま血管の浮き出た肉幹に沿って、ちろちろと舌を這わせていく。

「ふ——」

コンラッドが頭の上で密やかなため息をついた。

彼が感じていると思うと、胸が熱くなった。

「ん、んん、んぅ」

次第に大胆に屹立に舌を絡めていくと、男の欲望がぐんと硬く膨《ふく》れ上がった。

ひとしきり肉茎を舐《な》め回すと、今度は思いきってびくつく先端を括《くび》れのところまで口にそっと含んでみた。

「そうだ、いい子だ」

コンラッドの両手が下りてきて、フェリシアの髪を優しく撫《な》でた。悩ましい手の動きに、
背中がぞくぞく震える。

「もっと奥まで咥《くわ》えるんだ」

「ぐ……ふぅ、んんぅ」

口唇をめいっぱい開いて、逞しい剛直を必死で呑み込んだ。開いた雁首《かりくび》が咽喉奥《のどおく》を突つき、
えずきそうになるのを我慢する。

「ああ——なんていやらしい表情だろう。私のミューズを穢《けが》していいのは、私だけだ」

コンラッドが感じ入った声を出す。

「頭を振りながら、裏の筋を舐めてごらん。歯を立てないように」

「ん……ふぁ、ちゅ……くちゅ……」

彼に言われた通り、ゆっくりと頭を振り立てながら、肉幹の裏筋に沿って舌を這わせてみ
た。びくん、と男性自身が口の中で跳ねた。

「はふ……んんっ、ふ……」

巨大な肉茎で口腔《こうこう》がいっぱいで、息が詰まりそうだが、健気《けなげ》に口唇愛撫を続けた。

「上手だ――あどけない顔をしているのに、なんて猥《みだ》りがましいんだろう」

コンラッドの息が弾み、逞しい腰が少しずつ前後に揺れてくる。

「ぐ……ふぁ、あ、ふぅ、んんっぅ」

咽喉奥を強く突かれながらも、フェリシアは懸命に肉棒を吸い上げ、舌を蠢《うごめ》かした。

鈴口から溢れてくる先走りと自分の唾液《だえき》で、赤黒い屹立が淫猥《いんわい》にぬめ光り、嚥下《えんか》し損ねたものが喉元まで滴《したた》ってくる。

「は――きみは私をおかしくする――フェリシア」

コンラッドの声がため息まじりになる。フェリシアは屹立を咥え込みながら、そっと彼の顔を窺《うかが》った。

コンラッドは瞼《まぶた》を伏せ、端整な顔を艶やかに染めている。その陶酔《とうすい》した表情に、フェリシアは被虐的《ひぎやくてき》な悦びを感じ、さらに口唇愛撫に熱を込める。

貞操帯の内側で、媚肉《びにく》がひくんと淫らに蠢いた。

先端の裏の筋張った部分を丹念に舐め、鈴口の割れ目や亀頭の括れまで舌を這わせた。

「ふ――」

頭上から押し殺した色っぽいため息が聞こえ、フェリシアの下腹部の奥がきゅんと疼《うず》いた。

「んん、ん、ふ、はぁ、は……」

慣れない行為に、顎がだるくなり舌先が痺れてくる。それでも、両手で支えた欲望の根元を指で扱《しご》き、頭を必死で振り立てた。

「──フェリシア」

やがて、頭を抱きかかえていたコンラッドの手に力がこもり、彼女の頭を腰に打ちつけるように動いた。

「は、う、ううぅ、ん、んぅっ」

がつがつと咽喉奥まで抽挿《ちゆうそう》を受け、フェリシアは息ができず気が遠くなりそうだった。

「出すぞ──きみの中に」

低く唸《うな》ったコンラッドが、びくびくと腰を痙攣《けいれん》させた。

どうっと熱い精が口内に放出される。

「ふ──ぐ、ぐぅ、んんんっ」

驚くほど大量の白濁《はくだく》が噴き出し、フェリシアはその苦く生々しい精を必死で呑み下した。

咽喉に張りつくような粘っこい精液は、けっして呑み込みやすいものではなかったが、コンラッドが自分の拙《つたな》い奉仕に感じて果ててくれたことが、嬉しくてならない。

口腔で脈打つ雄茎がゆっくり萎《しぼ》んでいくと、フェリシアはそっとそれを吐き出した。

「はあっ、は、はぁ……」

肩で息をしながら、がっくりと床に手をついた。

「フェリシア――」

コンラッドが彼女を抱き起こした。髪は乱れ、嚥下しきれなかった唾液と精の名残が、口元を猥りがましく濡らしている。

「きみはなんて純真で、それでいていやらしいのだろう」

コンラッドの舌が、フェリシアの口元を丁重に舐め回した。

「ん……ぁ、コンラッド様……」

涙目で彼を見上げると、彼は何か切羽詰まったせつない表情で見返してきた。

「ああ、その罪作りな顔がいけない――今度は、きみの中で」

コンラッドはフェリシアをその場に四つん這いにさせ、性急にスカートを捲《めく》り上げた。いつも持ち歩いている鍵で、貞操帯の錠前を外す。ふっと下腹部が解放され、陰唇《いんしん》がほころんでくる。コンラッドの長い指が、秘裂《ひれつ》をまさぐってくる。

「あっ……」

「もうぬるぬるだ。私のものをしゃぶりながら、感じていたのか。いやらしい子だ」

コンラッドが勝ち誇ったように言い、フェリシアの小さく丸い尻を両手で引きつけた。

「あ、だめ……っ、こんな――」

恥ずかしい格好に肩越しに彼に声をかけようとすると、言葉半ばで背後から、すでに活力を取り戻した肉茎が押し入ってきた。

「あうっ」

一気に子宮口まで貫かれ、フェリシアは仰《の》け反《ぞ》って悲鳴を上げた。脳芯まで響く衝撃に、四肢をがくがくと震わせた。

あっという間に達してしまったのだ。

「ひょっとして、もう達ってしまったのか？　ほんとうに淫らな身体になって」

コンラッドが凄絶《せいぜつ》な笑みを浮かべ、渾身《こんしん》の力を込めてがつがつと腰を穿《うが》ってきた。

「ひぁ、あ、やぁっ、激し……あぁっ、だめっ……」

貫かれるたびに、重厚な愉悦が身体の奥に走り、フェリシアは両手を突っ張って頽《くずお》れそうになるのを必死で耐えた。

「そう言いつつ、きみのここはきつく私を締めつける」

コンラッドは腰を押し回すようにして、フェリシアの感じやすい部分をぐりぐりと抉った。

「あぁ、そこ、だめ、そこだめなの、あぁ、またぁ……っ」

弱い部分を集中的に責められ、フェリシアは甘く啜《すす》り泣いた。

「達《い》きなさい、いくらでも——」

フェリシアの身体を知り尽くしたコンラッドは、巧みな腰遣いで彼女を際限なく達かせた。

何度も体位を変えられ、キンセンカの花の海に倒れ込み、艶やかすぎる花びらが散り散りに舞う。

「あぁ、あ、すごい……ああ、コンラッド様……いいっ……」

アトリエの中は、甘苦しい花の香りと、男女の交合する甘酸《あまず》っぱい淫猥な匂いが入り交じり、息苦しいほどの濃密な空気に満たされた。

フェリシアの嬌声《きょうせい》が、時に甲高《かんだか》く時に途切れ途切れに響き渡った。

やがて――。

精も根も尽き果てたフェリシアは、乳房や尻を剝き出しにしたしどけない姿で、踏みしだかれたキンセンカの中に横たわっていた。

失神してしまった彼女の頰に張りついた乱れ髪を、コンラッドは愛《いと》おしげに撫でつけながら、低い声でつぶやいた。

「きみを支配するのは私だけだ」

それから彼は、ふいに苦々しい表情になる。

「だが――ほんとうは、私がきみに支配されてしまったのかもしれない」

コンラッドの白皙《はくせき》の額に、悩み深い皺《しわ》が寄る。

「私は――大きな間違いをしてしまったのか……」

彼は迷う気持ちを振り払うように、立ち上がった。

イーゼルに大判の真新しいキャンバスを立てかけた。

それから、ちらりとキンセンカに埋もれたフェリシアに目をやる。

むくむくと創作意欲が湧いてくる。

彼は無言で筆を取り上げた。

コンラッドはすぐに深い芸術の世界に潜《もぐ》り込んでしまい、頭に浮かぶインスピレーションを、ひたすら白いキャンバスの上に描いていった。


その秋に発表されたコンラッドの新作は、世間でおおいに物議を醸《かも》した。

風景画だけに固執《こしつ》していたコンラッドが、初めて人物画を描いたということも話題だったが、何よりその題材がスキャンダラスだったのだ。

「女神降臨」と題された百号（ほぼ百六十センチ×百三十センチ）の絵は、全裸の乙女が一面の花の中で拘束され、あられもない姿で横たわっている構図だった。

目の覚めるような美麗な娘が、蜜色の長い髪をおどろしく乱し、赤い紐が白い肌に巻きつき、縛られた両足は大胆に開き、救いを求めるようなそれでいて誘うような視線をまっすぐこちらへ向けている。

見る者を魅了してやまない完全な美とエロスが、渾然一体《こんぜんいったい》となった作品だった。

「芸術か？　猥褻《わいせつ》か？」

「女神降臨」を巡り、世間は喧々諤々《けんけんがくがく》となった。

そして、その絵のモデルであるフェリシアは、マスコミの格好の餌食《えじき》となったのだ。

落ちぶれた伯爵家の娘が、富豪の芸術家に見初められて結婚するシンデレラストーリー。

倍も年上の独身主義を貫いていたコンラッドを射落とした美しき乙女。彼の芸術のためなら、ヌードになることも厭《いと》わない大胆さ——等々。

フェリシアの記事が、連日のように新聞や雑誌を賑《にぎ》わせた。

コンラッドの絵のモデルになることを了承するということは、いつかその絵が世間に公表されることだと覚悟はしていたが、よもやヌード姿だとは予想もしなかった。

「——ひどいです、コンラッド様。あんな恥ずかしい姿を世に出されて、私、もう外に出られません。もう二度と、裸の絵は描かないでください！」

一度思いきってコンラッドに訴《うった》えてみた。

コンラッドは平然と、しかも不思議そうに答えた。

「確かにあの絵のモデルはきみだが、絵は写真とは違う。一度きみの姿は私の頭の中で咀《そ》嚼《しゃく》され、記号化され、創造し直して筆に下りてくる。だから、絵の中のきみはきみであってきみでない。何も恥ずかしいことはない」

言葉巧みに反論されると、フェリシアはぐうの音《ね》も出なかった。口惜《くちお》しく黙り込んでいると、コンラッドが皮肉っぽく言う。

「生身のきみのほんとうの姿は、私しか知らない。それとも、人々の前で裸になって、これがほんとうの私ですと、宣言するか？」

フェリシアは耳朶《じだ》まで真っ赤になり、唇を噛んだ。

言い負かされて悔しい気持ちと、彼に独占されているという甘美な悦《よろこ》びがないまぜになり、気持ちは翻弄《ほんろう》されるばかりだった。


「これじゃあ、散歩にも出られないわ……」

カーテンの陰に身を潜《ひそ》め、窓から屋敷の外を見下ろしたフェリシアは、ため息をついた。

「女神降臨」が発表されて以来、マクニールの屋敷の周囲には、マスコミの記者やカメラマンが昼夜問わずうろつくようになった。

コンラッドは毎日平然と出勤し、無言で時には冷静な言葉でマスコミの取材をはね除けてしまうが、元来が控え目なフェリシアにはそんなまねはできない。

外出する用事があるときは、玄関ぎりぎりに馬車を停め素早く乗り込むことにしている。だが、どこでばれるのか、中に乗っているのがフェリシアと知れると、マスコミたちは執拗《しつよう》に追ってくる。

乳母のハンナの見舞いにすら行けなくなった。

その日、午前中の家庭教師の授業を終えたフェリシアは、昼食を摂りに会社から戻ってくるコンラッドを食堂で待っていた。

時間前にコンラッドが大股で食堂に入ってきた。

迎えようと立ち上がったフェリシアの腕を、彼はむんずと掴んだ。

「では、行くぞ」

「え？　ど、どこへ？」

「ロンドン王立病院だ。きみが乳母の見舞いに行けず気を落としていると、スティーヴから聞いた。私が連れていく」

「そ、それは嬉しいけれど――屋敷の周囲に取材陣がいて……」

躊躇《ためら》うフェリシアにおかまいなく、腕を引いたままコンラッドはぐんぐん玄関に向かっていく。

「まっ、待って――」

「きみの自由を奪えるのは私だけだ。他人にきみが拘束されるのは、我慢ならない」

コンラッドは決然と言い放ち、玄関前に停めてあった馬車にフェリシアを押し込むように乗り込ませた。

「ロンドン王立病院まで」

コンラッドの短い命令に、お抱えの御者はすぐさま馬車を走らせる。門から馬車が出てくると、周囲に張り込んでいた記者たちが、いっせいに辻馬車などで後を追い始めた。

「だ、だめですコンラッド様。マスコミが追いかけてきます。このままでは病院に迷惑がかかってしまう」

フェリシアが後部座席の窓から背後を窺っていると、姿勢よく前を向いたままのコンラッドがぴしりと言う。

「わかっている。そんなに狼狽えるな。きみは私を信じて堂々としていればいい」

「――はい」

フェリシアはうなずいて座り直した。

彼の自信に満ちた態度に、以前は威圧感を感じていたが、この頃は畏敬の念を抱くようになっていた。

(コンラッド様なら、間違いない)

そう信じられる自分がいた。

病院の馬車止めに到着すると、コンラッドはさっと先に馬車を降りた。

「私がいいと言うまで、中にいるんだ」

そうフェリシアに声をかけると、彼は腕を組んでぐっと胸を張ってマスコミが追いつくの待っていた。

次々馬車から記者やカメラマンが下り立ち、コンラッドの周囲を取り巻く。

「公爵、今日は奥様のお伴《とも》ですか？」

「奥様はまだお姿を見せないのですか？」

「公爵、写真を一枚」

口々に質問を飛ばす記者たちを、コンラッドは鋭い眼差しで一瞥《いちべつ》した。その迫力ある視線に、記者たちは恐れをなしたのか一瞬しんとなった。

「マスコミ諸君。私は芸術家であり、公《おおやけ》に作品を発表する立場だ。私に関しては、どのような取材でも快く受けよう。だが、私の妻は――」

ここで言葉を溜め、コンラッドは氷のような冷たい美貌で周囲を見回した。

「一般人だ。これ以上彼女を理不尽に追い回すなら、私は全財産と権力をかけ、それに対抗する。覚悟してもらいたい」

記者たちは殺意すら感じさせるコンラッドの重低音の声に、言葉を失う。

やがて勇を振るった記者の一人が、おそるおそる声をかけた。

「では――あなたに取材を申し込めば拒否はなさらないと」

コンラッドはうなずいた。

「いついかなるときでも、受けることを約束する。だから、今日のところは全員引き上げて欲しい」

潔《いさぎよ》く凛《りん》とした態度に、記者たちはいっせいにうなずいた。

「わかりました、公爵」

馬車の中ではらはらしながら様子を窺っていたフェリシアに、やがてコンラッドが声をかけた。

「フェリシア、出ておいで」

そっと馬車の扉を開けて外を覗《のぞ》くと、取材の人々はすっかり引き払っていた。コンラッドが手を差し伸べ、馬車から降ろしてくれる。

「さあこれで、きみをわずらわせる輩《やから》はいない。見舞いに行くがいい。私は会社に戻る用事がある。御者を待機させておくので、帰りもこの馬車を使いなさい」

コンラッドが病院の入り口に誘った。

「コンラッド様……」

彼の男らしさにフェリシアは胸が詰まった。どんなに傲慢《ごうまん》で冷酷な態度であろうと、コンラッドはフェリシアを守り抜いてくれる。

「ありがとうございます……」

涙ぐむフェリシアに、コンラッドが苦笑する。

「夫として当然のことをしたまでだ。さあ——」

フェリシアは鼻をくすんと鳴らしてうなずき、急いで病院に入っていった。背後にコンラッドの庇《かば》うような視線を感じ、心臓がきゅんと甘く疼いた。

乳母のハンナは特別個室に入院している。

日当りのよい病室を訪れると、ハンナはベッドから起き上がって編み物をしていた。

「まあハンナ。そんな疲れることをしてはだめよ」

フェリシアが気遣って声をかけると、ハンナは微笑んだ。

「大丈夫ですよ、お嬢様。もう体調はすっかりいいんですよ」

確かに以前より顔色もつやつやし、声に張りがある。

「よかったわ。いい病院に入れてもらったおかげね」

フェリシアが持参してきたお菓子を摘《つま》みながら、二人はひとしきりお喋りに花を咲かせた。

そろそろ時間になりフェリシアが帰り支度を始めると、ハンナは何か言いたそうにもじもじした。

「それじゃ、また来るわねハンナ」

フェリシアが声をかけると、ハンナは思いきった表情で切り出した。

「お嬢様——実は、私はそろそろ退院できそうなんです」

フェリシアは目を見開いた。

以前かかりつけだった町医者の話では、ハンナの心臓はとても回復の見込みはないだろうということだったからだ。

「ああそうなの！　奇跡が起きたのね！　ハンナ、ほんとうによかったわ！」

フェリシアが嬉し涙を浮かべて手を握ると、ハンナは頬をかすかに染め首を振った。

「いいえ、お嬢様。奇跡などではないのです。私は——マクニール公爵様に命を救っていただいたのです」

「コンラッド様に？」

ハンナはうなずき、少し声を潜めた。

「このことはお嬢様には内緒にするように公爵様から厳命されていたのですが、私はどうしてもお嬢様にお伝えしたくて……公爵様は国中を、いいえ国外まで手を尽くして、私の心臓の手術をしてくれるお医者様を捜してくださったのです。難しい手術なのですが、とうとうスイスに腕のよいお医者様がいるということで、わざわざこちらに呼び寄せてくださって——手術を受けておかげ様で、私の心臓は元気になったのです」

フェリシアは驚きのあまり、声を失っていた。

ハンナは涙ぐみながら続ける。

「それはそれは膨大な手間と費用がかかったことでしょう。でも、公爵様はこのことは絶対にお嬢様に言ってはいけない。お嬢様のことだから、恩に着て必要以上に自分に感謝してしまうだろう。こういうやり方で、お嬢様の気持ちをつなぎ止める気はない、とおっしゃられました。でも――私は黙っていられませんでした。あまりに崇高《すうこう》でご立派なお心がけで、どうしてもお嬢様にお伝えしたくて……」

ハンナは啜り泣いた。

フェリシアは感動で胸がいっぱいになり、震える乳母の背中を擦った。

「ありがとう、よく言ってくれたわ。ハンナ、治ってほんとうによかったわ」

ハンナは鼻を啜り上げながら、顔を上げた。

「は、はい。その上に退院後は、郊外に小さな家を与えてくださいました。余生を心穏やかに過ごせるようにと――お嬢様、どうかこの話はお嬢様の胸に収めておいてくださいましね」

「わかったわ。コンラッド様の面子《メンツ》を潰さないためにも、私は知らぬふりをするわ」

フェリシアは言いながら、自分も嬉し涙が溢れてくるのを感じた。

(表向きは傲岸不遜《ごうがんふそん》だけれど、優しい気遣いをさりげなくできるお方なんだわ……いつかのスーザンの件でも。さっきだって、私をマスコミから庇ってくださった)

コンラッドの人となりを知るにつけ、ますます惹きつけられる。

(この気持ち――いつか溢れて、隠し通せなくなりそう……)

フェリシアの胸がせつなく痛んだ。

ハンナの見舞いを終え、病院のロビーまで来たときだった。

「フェリシア？　きみ、フェリシアだろう？」

ロビーのソファに腰を降ろしていた一人の紳士が、立ち上がって声をかけてきた。

「え？　どなた？」

もしかしたら、やくざな三文記者が張り込んでいたのかと、警戒しながら振り返った。

「やっぱりきみだ。私だよ、ほら、コヴェント・ガーデン市場のきみの花屋に、毎日花を買いに行ってたろう？」

フェリシアは愁眉《しゅうび》を開いて微笑んだ。

「まあ！　グレン男爵様、お久しぶりです！」

花屋のお得意様だった紳士だ。

「ほんとうに、久しぶり。いきなりきみの花屋が閉店してしまい、私は驚きと共に、寂しくて仕方なかったよ」

「申し訳ございません。急に身辺が慌《あわ》ただしくなってしまい、ご挨拶《あいさつ》もしないままで——」

フェリシアが恐縮して頭を下げると、グレン男爵が鷹揚に手を振った。

「私は友人の見舞いにここに来たんだが、きみと巡り会えたのも何かの縁だ。どうだね、いつか行こうと誘っていたカフェに、ちょっと寄らないか？」

フェリシアはハンナが全快したことで気が緩んでいた。

「そうですね——少しだけなら」

グレン男爵はぱっと表情を明るくする。

「そうか！　それじゃ、外に私の馬車を待たせているから、それで行こう」

彼が右ひじを上げ腕を差し出す。

フェリシアは少し躊躇ったが、礼儀に則《のっと》り左手をそこにあずけた。

「では――」

病院の馬車止まりで待っていたマクニール家の御者に、先に戻るように告げた。グレン男爵が、帰りは自分の馬車で送ってくれると言ったのだ。

カフェに向かう馬車の中で、グレン男爵ははしゃぎ気味でしきりに話しかけてきた。

「きみ、結婚したってほんとうかい？」

「ええ――」

フェリシアは控え目にうなずく。

グレン男爵はひどく悔しがった。

「ああ惜しかったなあ。私がもう少し早くきみにこの恋心を打ち明けていれば――きみみたいな天使を手に入れた奴が、ほんとうに憎たらしいよ」

「まあ、男爵様ったら」

フェリシアは冗談だろうと笑う。

ピカデリー・サーカスのカフェに到着した。

先に馬車を出てフェリシアに手を貸して降ろすと、グレン男爵はカフェの中を見回した。

「さすがに人気の店だな、混んでいる。ちょっと待っておいで、席が取れるか店に聞いてくる」

「はい」

店内に入っていくグレン男爵の背中を見送りながら、フェリシアはぼんやりと花屋時代のことを思い出していた。

(毎日生きるだけで精一杯だった——)

コンラッドに見いだされ、取引まがいの婚姻《こんいん》を結んだことが、もう遥《はる》か昔のようだ。

「お待たせ」

グレン男爵が戻ってきて声をかけたので、はっと我に戻る。

「奥の個室が空いているそうだ。ほんとうはテラスがよかったが、満席だというから、かまわないかい？」

「ええ」

グレン男爵に導かれ、店内の奥の個室に足を踏み入れた。

テーブルひとつと椅子とソファだけの、こぢんまりした部屋だった。

向かい合わせにテーブルに着き、運ばれてきたコーヒーを啜る。普段は紅茶一辺倒《いっぺんとう》のフェリシアには、舌に染みるほろ苦いコーヒーは新鮮な味がした。

「――ところで、きみが結婚した相手って、かの有名なマクニール公爵だってね？」

グレン男爵がシガーにマッチで火をつけながら言う。

「え、ええ」

「ふぅん――玉《たま》の輿《こし》ってわけか。しかし、あの、マクニール公爵とねぇ」

フェリシアは、相手の言葉に引っかかるものを感じた。

「それは、どういう意味ですか？」

グレン男爵はふーっと真横に煙を吐き、声を潜めた。

「階級の高い貴族の間では、前から噂《うわさ》になっているのだよ――かつて公爵には結婚を約束した女性がいたが、彼はその女性をさんざん弄《もてあそ》んだあげく流産させて捨ててしまい、女性は絶望の果てに自死した、ってね」

フェリシアは背後から鈍器で殴られたような衝撃を受けた。手にしたカップを取り落としそうになる。

「まさか……！　そ、そんなわけ、ありません」

震える声で答えると、グレン男爵はかすかに口の端を上げ、意地の悪い笑みを浮かべた。

「そうかな？　彼は芸術家だろう？　ああいう人種は、ひどく身勝手で傲慢だというじゃないか？　若く初心《うぶ》で美しいきみを手玉に取るなんて、簡単なことだったんじゃないか？」

「何をおっしゃりたいの？」

コンラッドばかりか自分まで侮辱《ぶじょく》されていると感じ、フェリシアは、キッと彼を睨《にら》んだ。

『女神降臨』——世間を騒がしているあの絵」

フェリシアは、はっと口を噤《つぐ》んだ。

グレン男爵の目つきに、いやらしい色が浮かんでいる。

「あの絵のモデル、きみだろう？」

フェリシアは、グレン男爵の眼前で裸にされたような気がして、頬を染めてうつむいてしまう。

「ひと目見て、私はきみだとわかったよ。虜《とりこ》にされる魔の美しさ——」

テーブル越しにグレン男爵の顔が近づいてきた。

「きみはマクニール公爵の餌食になったんだ」

「そんな……」

「そうかな？　芸術のためだからと、妻の裸を世間に堂々と公表するなんて、とても常人の神経では考えられないよ。さすがスキャンダルだらけの公爵らしい」

フェリシアは反論しようとする。

「コンラッドは、純粋に芸術に命をかけて……」

突如、ぎゅっとグレン男爵に手を握られた。

フェリシアは身を強《こわ》ばらせた。

「離してください」

シガー臭いグレン男爵の顔がますます接近してくる。

「私なら、大事な女の裸は、自分だけのものにするのに」

怖気《おぞけ》を感じ、フェリシアは力任せに手を振り払った。

そして立ち上がろうとした。

「私、もう失礼します！」

「そうつれなくしなくてもいいだろう？」

グレン男爵が素早く肩を摑んで、自分の方を振り向かせる。

彼の顔は、妖しい熱を孕《はら》んで醜《みにく》く歪んでいる。

「どうせ世間に発表したんだ。そのドレスの下を見せてくれよ」

フェリシアは震え上がった。両手で相手の胸を突き飛ばす。

「離して！」

しかし、遥かに体格が上のグレン男爵はびくともしない。逆に、フェリシアの華奢《きやしゃ》な腰を抱きかかえ、引き寄せた。

「きゃあっ」

男の手が頬や耳朶、胸元に触れてくる。激しい嫌悪感に、フェリシアはぞうっと背中に震えが走った。

「なんのために、毎日欲しくもない花を買いに、あそこに行ったと思うんだ」

フェリシアは必死で身を振りほどこうともがいた。

「無垢《むく》なきみを、私のものにするためだったのに！」

フェリシアは恐怖で頭がくらくらした。

「あなたには、奥様がいらっしゃるはずでは……」

グレン男爵が鼻で笑った。

「初心なことを言うね。高級貴族の間では、愛人の一人や二人作るのは、たしなみみたいなものだ。マクニール公爵だって、いずれはよそに愛人を作るさ」

「愛人……ですって!?」

グレン男爵のぬめぬめした唇が、首筋を這い回る。

「今からでもかまわない。私の愛人にならないか？　既婚者の浮気など、よくある話だ。あんな偏屈《へんくつ》な年上の旦那より、よほど私の方がきみを愉《たの》しませてあげられると思うがね」

フェリシアは、心の底から嫌悪と怒りが込み上げた。

「ばかにしないで！」

気がつくと、相手の頬を張っていた。

ぱしん、と小気味のよい音が部屋に響く。

グレン男爵は、反撃されるとは思わなかったらしく、腫《は》れた頬を押さえてぽかんとした。

その隙《すき》に、フェリシアは彼の腕からすり抜け、身体ごと扉を押すようにして部屋を飛び出した。

唖然《あぜん》としているグレン男爵をそのままに、フェリシアは夢中で店内を駆け抜けた。

上品ぶったグレン男爵が、あんな獣じみた行為に及ぼうとしたことにショックだったが、何より、コンラッドの噂に激しい衝撃を受けていた。

(嘘よ——あんなこと。グレン男爵のでまかせの嘘よ……!)

ぎゅっと唇を噛み締め、自分に言い聞かす。

コンラッドの過去に、どれほど女性関係があったかは知らない。だがあのジャネット夫人のように、コンラッドに想いを残すことがあっても、恨まれるような非道なことを、彼が女性に対してするとは思えなかった。いや、そう思いたかった。

(流産させただなんて——では、コンラッド様は失った子どもが欲しいだけで、私に取引を申し込んだのだろうか……絵のモデルは私しかいないとか、彼の女神《ミューズ》だとか喜ばせるせりふは、全部嘘で……)

フェリシアは激しく頭を振った。

(いいえ、私は、何を甘い期待をしていたの? コンラッド様は若い娘なら、誰でもよかったのよ。そうよ、私ったら、いつの間にか契約結婚だってことを忘れて、浮かれていた……)

そもそもの始まりは、負債を返す代わりに跡継ぎを生むことを承諾したことなのだから——。


わかっていたのに、引き裂かれるように心が痛んだ。

だがコンラッドが、グレン男爵のような下劣な貴族と同じ人間だとは、思えない。

ハンナの回復のために、密かに心くだいてくれたコンラッドを信じたい。嘘かほんとうかもわからないいたわごとを吹き込まれただけで、動揺する自分が口惜しかった。

と、表の扉を押し開き、決然とした足取りで店に入ってくる紳士がいた。

一分の隙もない、ぴったりしたスタイルのいいフロックコート姿。

「コンラッド様!?」

フェリシアは呆然《ぼうぜん》と立ち止まった。

コンラッドは眉ひとつ動かさず、静かに言う。

「どうしてこんなところにいる?」

「わ、私……」

口ごもっていると、背後の個室から慌てふためいたグレン男爵が出てきた。

「フェリシア、落ち着いて、私の話を聞いてく——」

グレン男爵は、コンラッドの姿を見ると息を呑んで口を噤んだ。

「これは——グレン男爵、ごきげんよう」

コンラッドは冷ややかな声を出す。

「私の妻に、なんの話があったのだね？」

彼は言いながら、さりげなくフェリシアの腰を抱いて自分の脇に引き寄せた。

「う――いや、その……」

グレン男爵は頭ひとつ分も背の高いコンラッドに見下ろされ、気圧《けお》されたように口ごもる。

「ひ、久しぶりなので、思い出話をしていただけですよ」

グレン男爵は、額に冷や汗をかいている。

「そうか――では、次に私の妻に話があるときには、きみの方から私の屋敷に訪ねてくるがいい。もちろん、事前に連絡をした上でね」

コンラッドは低く凄みの利いた声でそう言うと、フェリシアを促した。

「外にうちの馬車が待っている。帰るぞ」

「はい」

フェリシアは心から安堵《あんど》して、コンラッドの腕に自分の腕を強く絡ませた。

コンラッドはくるりと背を向けると、フェリシアを引き連れてさっさと店を出た。

店の前に停まっていたお抱えの馬車に乗り込む。

馬車が動き始めても、コンラッドは無言で前を向いていた。

「あの……コンラッド様」

フェリシアがおずおず声をかけると、彼の綺麗《きれい》な眉が片方ぴくりと吊り上がる。

「なぜまっすぐ病院から帰ってこない？」

「だって――」

「早目に帰宅したら、きみの乗った馬車が空で屋敷に戻ってきた。御者に尋ねると、きみは病院で会ったグレン男爵と二人きりで、ピカデリー・サーカスに向かったというではないか」

抑えた怒りが声に含まれていて、フェリシアはびくびくしてうつむいた。

「悪い予感がして、馬車を飛ばしてきた。カフェの前にグレン男爵の馬車が停められていたので、急いで入っていったら、案の定――きみが真っ青になって奥から逃げ出してきたじゃないか。他人の男とひとつ部屋にのこのこ入るなど、ほんとうにきみは迂闊《うかつ》だ」

「ごめんなさい――私、顔なじみのお客様だったから、懐かしかっただけで……」

自分の浅はかさが今さらながらにわかり、しょんぼりしてしまう。

ふいにコンラッドの手が伸びてきて、顎を摑んで上向かせた。

「それで――何も不埒《ふらち》なことはされなかったろうね？」

「は、はい、すんでのところで逃げてきました」

「ふん、その言い回しでは、手のひとつでも握られたようだな。こんなことなら、一発顎にお見舞いしてやればよかった」

最後の方の口ぶりがいかにも悔しげだったので、フェリシアは目をぱちぱちさせてコンラッドを見た。

「え？　もしかして、コンラッド様は焼《や》き餅《もち》を焼いて……？」

コンラッドの目元がわずかに赤らんだ。

「愚《おろ》かなことを――私は自分のものが他人に穢されるのだけは、我慢ならない」

フェリシアは内心、

(それだけなの？　でも、お店に飛び込んでこられたときのコンラッド様は、血相を変えていらしたような――)

と思ったが、口にはしなかった。

少なくとも、フェリシアのことを心配して迎えに来てくれたことだけは確かだ。

「ありがとうございます」

心を込めて礼を言うと、コンラッドがいつもの冷徹《れいてつ》な表情に戻った。

「礼など不要だ。私は夫として、するべきことをしたまでだ」

フェリシアはかすかに心がじんわりするのを感じた。

そして、グレン男爵の話したことは自分の胸の中に収めておこうと思った。

(きっと嘘よ、嘘に違いない)

だが、いくら打ち消しても疑惑を振り払うことができなかった。

混乱と動揺を隠しきれないでいたが、コンラッドはそれをグレン男爵に襲われたショックだと思ったのか、何も聞いてこなかった。

帰宅した二人は、揃って晩餐《ばんさん》の席に着いた。

「ところで——乳母は元気だったか？」

食前酒に手を伸ばしながらコンラッドが話しかけてきたので、フェリシアは平静を装って答えた。

「ええ——おかげ様でもうすぐ退院できそうです」

「そうか。きみの心配事もなくなりそうなので、年内に結婚式を挙げたいと思うが、どうかね？」

「結婚式？」

「由緒あるマクニール家の当主が結婚したんだ。きみを正式に披露するためにも、それなりに立派な式を挙げる必要があるだろう」

フェリシアは苦いものが込み上げてきた。

「子どもを成すまでの形だけの契約結婚に、立派な式など必要ないと思います」

コンラッドはいぶかしげな目でフェリシアを見た。

「どうした？　いつもより怒りっぽいな」

フェリシアは胸の内が見透かされそうで、どきりとする。

「そ、そんなこと、ありません」

目を伏せて目の前の前菜に集中しようとすると、ことりとグラスをテーブルに置く音がし、コンラッドが冷ややかな声を出す。

「私を見るんだ、フェリシア」

フェリシアはおそるおそる顔を上げる。

コンラッドは熱を孕んだ青い目で、こちらを凝視している。視線を捕らえられ、その艶っぽい眼差しにフェリシアの背中がぞくりと震えた。

「きみは嘘が下手だ。今日のきみはひどい目にあったのだから、問いつめることはしない。だが、私のやることに不服は言わせない。式を挙げると決めたら、大人しく従いたまえ。取引だろうが契約だろうが、正式に結婚証明書を交わしたのだ。世間の常識に則るのは、きみのためだ。今まで、私がきみに不利な判断をしたことがあるかね？」

「――わかりました」

フェリシアは屈辱感に打ち拉《ひし》がれて、弱々しく答えた。

口惜しいが、確かに彼の言う通りだった。厳しい目つきでフェリシアを見ていたコンラッドが、ふと口調を悩ましげにする。

「純白のウェディングドレス姿のきみは、天使のように美しいだろう。穢れないドレスのきみを拘束した姿を、ぜひ描いてみたい」

フェリシアの下肢に、面映《おもは》ゆい疼きが走った。

脳裏に、淫らな姿の自分を想像すると、身体の血がざわめいて火照《ほて》ってくる。

頬を染めて目を潤ませた彼女を、コンラッドが我が意を得たりとばかりに愉《たの》しげに眺める。

「おや、もう欲情してきたか？」

「っ――そ、そんなこと、ありませんっ」

フェリシアはむきになって言い返す。コンラッドの思惑通りに反応してしまう自分が、口惜しいのに被虐的な陶酔感が込み上げてくるのを止められない。

(私はもう、見えない縄でコンラッド様にがんじがらめにされているも同然だわ)

コンラッドに恋い焦《こ》がれているフェリシアは、もっと彼に支配されたいという熱情と、期限付きの結婚なのに、これ以上彼の思うままになりたくないという反発で、混乱しきっていた。

これ以上の緊張に耐えきれず、フェリシアは突然席を立った。

「気分が悪いので、失礼します」

顔を背けたまま食堂を出ていこうとすると、素早く追いついたコンラッドの逞しい手が、フェリシアの細い手首をぎゅっと掴み上げた。

「きみの嘘はお見通しだと言ったろう」

いきなり腕を捩《ね》じ上げられ、フェリシアは小さく悲鳴を上げた。

「つうっ――いやっ、離してっ」

「離さない。食事を続けよう」

コンラッドが背後から顎を摑んでこちらを向かせ、強引に唇を奪ってくる。

「う……ふ、ぅう」

必死で振りほどこうとしたが、彼の熱い舌が口唇を割って押し入り、口蓋《こうがい》をいやらしく舐め回してくると、みるみる身体が火照り力が抜けてくる。

「や……め……」

このままでは彼の意のままになってしまう。身を捩《よじ》って彼の腕から逃れようとしたが、唇を強く吸われたまま、テーブルに仰向けに押し倒されてしまう。両手を押さえられ、そのまま深い口づけを繰り返された。

「んんっ、や、ふぅうっ」

フェリシアが必死で身をくねらせると、テーブルが大きく揺れて、がしゃんと銀食器が床に叩きつけられる。

「どうなさいました？」

異変を感じたのか、スティーヴが食堂に飛び込んできた。

「スティーヴ、しばらく食堂に誰も入れるな」

コンラッドが鋭く怒鳴ると、スティーヴは頭を下げて無言で食堂を退去した。

「ディナーよりきみを喰《く》らってやる」

コンラッドの青い目が凶暴に光り、おもむろにドレスの胸元を掴んで乱暴に引き裂いた。

「やあっ！」

真っ白な乳房がこぼれ出て、フェリシアは悲鳴を上げて起き上がろうとした。コンラッドはそのままむしるように、ドレスを取り払ってしまう。

「やめ……やめて……」

貞操帯ひとつだけで全裸に剝《む》かれたフェリシアの身体を、コンラッドはテーブルの上に押さえつける。

それから、テーブルの上のワインデキャンタを掴むと、直《じか》に口にあおり、フェリシアに口移しに飲ませてきた。

「んん、ごく……んぅう」

芳醇《ほうじゅん》な赤ワインが胃に落ちていくと、酒に弱いフェリシアはすぐに全身がかっかと熱くなった。

「肌が綺麗に染まってきたな。もっと飲ませてやろう」

コンラッドはデキャンタを高く持ち上げると、フェリシアの素肌にたらたらとワインを滴《したた》らせていく。透き通るような白い肌に、血のように赤いワインが広がっていく。

「あ、あぁ、やめて……」

ひやっとした後に、たちまち肌が火照ってきた。乳嘴《にゅうし》にワインが染みて、ちりちりと熱く疼く。

「美の女神《ミューズ》の恵みをいただこう」

そう言うや否や、コンラッドは乳房の窪《くぼ》みに溜まった赤ワインを、音を立てて啜り上げ、そのままちゅうっと乳首を口唇に含んだ。

「は、あぁっ」

いつもよりもっと乳頭が敏感になっていて、軽く舌先で転がされただけで、腰に直に響くような快感が湧き上がってくる。

「美味だ」

コンラッドはくぐもった声でつぶやくと、左右の乳首を交互に口に含み、強く吸い上げた。

「く……っ、は、ぁ、いやぁ……」

フェリシアは甘い鼻声を漏らし、仰け反って息を乱した。彼女の顕著な反応に、コンラッドはさらに濡れた舌先で小刻みに、凝った先端を強弱を付けて振動させる。じんじんと強烈な疼きが下腹部を襲い、腰がもどかしげに蠢いてしまう。

「あぁあ、あ、も、しないで、だめ、あぁっ」

隘路《あいろ》の奥がきゅうっと強く締まり、痺れるような喜悦が身体の中央を走り抜けた。

「あぁ、あぁぁぁ……」

フェリシアは甲高い嬌声を上げて、全身を硬直させた。

「なんと――胸の刺激だけで達ってしまったか」

乳房の狭間から顔を上げたコンラッドが、恍惚《こうこつ》とした表情で見上げてきた。

「どこまでも、きみはエロスに忠実だ」

彼はこれ見よがしに舌を長く突き出すと、フェリシアの肌を濡らすワインを、ゆっくりと舐め取っていく。

「あ、はぁ、はぁあ」

濃厚な赤ワインに全身が酩酊《めいてい》してしまったようだ。気怠《けだる》く淫猥な疼きに満たされ、フェリシアはぐったりと彼のなすがままに舐《ねぶ》られた。

彼の顔が股間に辿り着き、貞操帯の裂け目からはみ出た濡れた和毛《にこげ》を、ざらりと舐め上げ、絞り出されたひりつく粘膜に口づけすると、鋭い愉悦が身体の中心を走り抜け、猥りがましい悲鳴を上げてしまう。

「きゃぁあ、やぁ、だめ、そこはだめぇ……」

だがコンラッドは容赦なく、唾液と愛液とワインを撹拌《かくはん》するように、ぐちゅぐちゅと猥雑な音を立て、柔肉を舐め回し啜り上げた。ずきずき疼いていた花芽《かが》に歯を立てられると、一瞬で昇りつめてしまう。

「いやいやぁ、ああ、いやあぁぁっ」

頭が真っ白になり、思考が停止する。びくびく太腿《ふともも》を痙攣《けいれん》させて達しても、コンラッドは容赦なく何度も舌をひらめかせた。

「ひ、あぁ、も、もう達ったのぉ、あぁ、だめ、もう許して……っ」

フェリシアが甘く啜り泣いて懇願しても、コンラッドは執拗に舌技を繰り出した。フェリシアが息も絶え絶えになり、完全に無抵抗になると、コンラッドはフェリシアの膝裏を掴んで膝が顔につくくらい折り曲げ、彼女の身体をくの字の形にする。

それからおもむろに貞操帯の錠前を外す。

愛液にぐっしょり濡れた貞操帯が取り払われ、淫らにほころんだ秘裂が露《あらわ》になってしまう。

「こうすると、きみの恥ずかしい部分が丸見えだ」

コンラッドは口の周囲を淫らに濡れ光らせ、再び陰唇に顔を寄せ、舌をつつーっと這い下ろした。

「な？　きゃぁあっ」

フェリシアはびくんと腰を震わせた。

尖らせた舌先が、ひくつく後ろの蕾《つぼみ》を突ついたのだ。コンラッドはねちっこく、窄《すぼ》まった後孔《こうこう》を舐め回した。

「だめ、そんなとこ、汚いです……あぁ、だめ、やぁあ」

抵抗しようとしたが、二つ折りにされた姿勢では身じろぎもできない。

「きみの身体はどこもかしこも、エロティックで美しい。このピンクの窄まりも物欲しげにぴくぴくしているぞ」

コンラッドがいたぶるようにつぶやき、さらに舌をぐりぐりとほころんだ後孔に押し入れていく。何か鈍く押し上げてくるような熱い感覚が生まれてきて、フェリシアは狼狽えた。

「だ、め、あぁ、だめ……」

「声に艶が出てきた——よくなってきただろう」

突如、彼は指先に溢れた愛液をたっぷりなすりつけ、ぬるりと後孔に突き入れていた。

「だめ、指、なんか……あぁあ、あ」

狭い窄まりが押し広げられ、異物が侵入してくる感触に、腰ががくがくと震えた。指を押し回すようにして後孔を掻き回されながら、再び秘裂しゃぶられてしまう。

「……ひ、うぅん、あ、やあ、なんだか、変に……はぁ、あ」

「指が千切《ちぎ》られそうに締めてくるね——いいね」

指で擦られていると、膣裏の奥の方からぽってりした鈍い快感が迫り上がってくる。そんな部分で感じてしまう自分が恥ずかしく、フェリシアは身悶《みもだ》えた。淫らな飢えがどんどん膨れ上がり、追いつめられていく。媚肉が満たして欲しくて、ひくひく戦慄《わなな》いてつらすぎる。

「やあ、もう許して……あぁ、お願い、終わらせて……私、私、もう、どうにかなってしまう……っ」

フェリシアは涙ながらに懇願した。

「どうして欲しい？」

前後の孔《あな》をいたぶりつつ、コンラッドは意地悪く言う。

「うぅ……う、ひどい……」

フェリシアは恨めしげな声を出したが、コンラッドの味を覚えてしまった肉体が、彼を求め、ひとつに溶け合って達したいと切望する。

「あぁ、あ、く、ください……コンラッド様が……欲しいの！」

フェリシアは消え入りそうな声でつぶやく。

「私の奥に……挿《い》れて……コンラッド様のもので……強く掻き回して」

自分がどんなにはしたないせりふを口にしているか、自覚がなかった。ただただ、疼き上がる肉体の熱を冷まして欲しかった。

「よろしい、正直なきみは好ましい」

コンラッドが身を起こし、やっと淫らな焦《じ》らしから解放されると、ほっとする。

「では、テーブルで四つん這いになって、秘所を開いて私に淫らにお願いするんだ」

どこまでも加虐的に責めてくるコンラッドに、フェリシアは羞恥に震えながらも、よろよろと身を起こした。命じられたままテーブルに四つん這いになり、尻を高々と持ち上げてコ

ンラッドの方に突き出す。彼の表情が見えないので、恥辱的な行為に少しだけ抵抗感が薄れた。

細い指を背後に回し、くちゅりと秘裂を左右に暴いた。

ひくつく蜜口から、愛液が糸を引いて滴るのがわかる。

「く……ください、ここに……コンラッド様の逞しいものが、欲しいの……！」

恥ずかしさに耳朶まで真っ赤に染め、掠《かす》れた声で懇願する。

「ああ、もうつらいの……早く……」

腰が焦れて揺れてしまう。

「最高だ。私のエロスの女神」

コンラッドが深いため息を漏らし、もどかしげにトラウザーズを緩める気配がした。

間髪《かんはつ》を容《い》れず、戦慄く膣口に熱い肉塊が押しつけられる。次の瞬間、一気に灼熱の剛直で最奥《さいおう》まで貫かれた。

「あきゃぁああ、あぁぁっ」

脳芯までびりびり快感で痺れ、フェリシアは嬌声を上げた。

コンラッドは片手でフェリシアの柔《やわ》らかな尻肉を引き寄せ、雄々しく腰を繰り出しながら、先ほど解した後孔にずぶりと指を突き入れてきた。

「くはぁ、あ、や、あ、これ、擦れて……っ」

菊門と膣腔に同時に抽挿を受け、フェリシアは恐ろしいほどの愉悦の嵐に翻弄される。

「後ろの窄まりがぴくぴくしている。こっちの味も覚えたか」

コンラッドが獣のように息を弾ませ、テーブルが軋《きし》むほど激しく腰を穿ってくる。

「やぁっ、言わないで……あぁ、コンラッド様……あ」

後から後から淫らな疼きが迫り上がり、きゅんきゅんと濡れ襞がせつなく収縮を繰り返す。太い肉茎にごりごり膣壁を削られながら、狭い後孔を掻き回されると、もう何も考えられないほど頭が快感に灼《や》けついてしまう。

「すごい——もっともっと奥に引き込んでくる。無垢だったきみがこんなに求めてくるようになるとは、男冥利《みょうり》に尽きるというものだ」

コンラッドが息を弾ませながら、感慨深い声出す。

「うぁあ、あ、ひどいです……あなたが、私をこんな恥ずかしい身体に変えたんだわ……あぁ、ひどい、ひどい人……っ」

なじり続けようとしたが、フェリシアはもはや自分を抑えることができず、愉悦の大波に押し上げられるように想いの丈を叫んでいた。

「でも……好き……好きなの……コンラッド様……っ」

何を口走っているか自覚がなかった。

一瞬、コンラッドの動きが固まった。だが、彼はすぐに前よりもっと激烈に腰を打ちつけてくる。荒々しく揺さぶられ、フェリシアはがくがくと腰を痙攣させて達した。

「あ、達く、あぁ達っちゃう……お願い、来て……っ」

恋しい男と一体となり同時に高みへ上りたいと、無意識に膣襞に力がこもり、雄々しい肉胴をきつく絞り上げた。

コンラッドが狂おしい声を吐き、腰を大きく回しぶるりと震わせた。

「──っ、フェリシア、出すぞ」

「はぁ、来て……奥に……あぁ、はぁあぁっっ」

二人は同時に果て、弾けたコンラッドの欲望は、一滴残らずフェリシアの蜜壺《みつつぼ》の奥に呑み込まれた。

二人はしばらくそのままじっと、快楽の余韻に浸っていた。

フェリシアは、お腹にじんわり広がる男の精を感じながら、しみじみとつぶやいた。

「……あなたの、子どもが産みたいの……」

コンラッドはゆっくり腰を引きながら、薄く笑ったようだ。

「最初から、そういう契約だろう──」

フェリシアは気怠げに首を振った。

(違うの……ほんとうに、あなたの子どもを産んで、そして──ずっと一緒にいたいの)

だがその言葉は、危ういところで呑み込んだ。

今はただ、彼と共にこの甘い気怠い空気の中で、微睡《まどろ》んでいたかった。

グレン男爵から吹き込まれた醜聞《しゅうぶん》も、期限付きの結婚のつらさも、すべて胸の奥底へ押し込めた。


二人の結婚式は年末に挙行されることになり、準備が着々と進んだ。

と言っても、フェリシアはウェディングドレスの採寸をするくらいで、すべての手はずはコンラッドが仕切っていた。

式は格式あるウェストミンスター寺院で、執《と》り行われることに決まった。王族を始め、ロンドン中の名だたる貴族や名士がすべて招かれることになっていた。式の後は、寺院の前で一般の人々にも新郎新婦の姿を披露することになっていた。それは、コンラッドがロンドンでも名高い芸術家であるためだった。

式の規模が大きく派手になればなるほど、フェリシアの気持ちは沈んでいきそうになる。

まがい物の結婚式。

契約の結婚。

偽りの気持ちを神の前で誓うことへの恐怖。

日に日にコンラッドを慕う気持ちが膨れ上がり、彼に独占され支配されるほどに、それを求めてしまう気持ちが熱く昂《たかぶ》る。

だが、フェリシアは揺れる気持ちを押し隠そうとした。

(この気持ちを吐露してしまったら、コンラッド様は迷惑がって契約を破棄《はき》してしまうかもしれない。そうしたら、私はここを出ていかねばならない。少しでも長く、コンラッド様のお側にいるために、私はほんとうの気持ちを、隠しおおせなくてはいけないんだ)

胸が引き裂かれそうにつらいことだったが、フェリシアはそうするしかないと、思い込んでいた。

結婚式が来週に迫った、初冬のことだった。

その日、フェリシアは退院してロンドン郊外に移るハンナの見送りに、鉄道のパディトン駅にいた。

コンラッドが病院前できっぱり宣言したのと、結婚式の取材をオープンにすると言ったので、マスコミがフェリシアを追い回すようなことはなくなっていた。

「ハンナ、いつでも遊びに来てね。待っているわ」

「お嬢様も。私はまだ本調子ではないので、結婚式には伺えませんが、お祝いの電報を送りますね」

列車の窓越しに、二人は涙ながらに別れを惜しんだ。

列車が動き出し視界から見えなくなるまで、フェリシアはハンカチを振り続けた。ハンナが健康になり老後の心配もなくなったことで、フェリシアの心の憂《うれ》いも少し晴れた。

お伴のメイドと共に駅前に停めていた馬車に乗り、帰宅の途《と》についた。

ピカデリー街にさしかかったとき、ふとフェリシアはこの通りに、コンラッドの経営する骨董を扱う会社の建物があることを思い出した。

(確か今日はコンラッド様は、夕方まで会社におられるはず――)

そろそろ夕刻にさしかかる。

(会社に寄って、ご一緒に帰りませんかと誘ってみようかしら)

今まで、フェリシアからコンラッドに対して何か行動を起こしたことはなかった。今日はハンナと離別したせいもあり、少ししんみりしている。無性にコンラッドの顔が見たくなったのだ。

「あの、ちょっとそこで停めてくれますか？　私、コンラッド様の会社に顔を出してくるわ」

御者に声をかけ、会社の建物の近くに馬車を停めさせると、メイドに待っているように言いおいて外に出た。

立ち並ぶ煉瓦《れんが》造りの高い建物のひとつが、コンラッドの会社だ。

フェリシアは、自分がいきなり顔を出したら、彼がさぞ目を丸くするだろうと思い、胸がわくわくした。

出過ぎたまねだと叱責《しっせき》されるかもしれないし、意外に喜ぶかもしれないし、どちらでもフェリシアはコンラッドの顔が見られれば満足だった。

建物の一階にあるコンラッドの会社は、通りに面して並べた骨董品を見られるように大きなショーウィンドーがあり、その後ろが事務室になっている。

フェリシアはショーウィンドー越しに中を覗いてみたが、数名いるはずの社員の姿はなく、店内は暗かった。

「あら、今日は終わってしまったの？　コンラッド様は、もう帰宅なされたのね」

がっかりして馬車に戻ろうとして、事務室の奥の扉から灯りが漏れているのに気がついた。

そっと表の扉を押すと、鍵はかかっていない。

（確か一番奥が社長室だって聞いてた。残業なさっているのね）

フェリシアは、足音を忍ばせてその扉に近づいた。

中からぼそぼそ話す人の声がした。

（お客様――？）

どうしようかと躊躇《ちゅうちょ》していると、ふいに音を立てて社長室の扉が開き、貧しい身なりの赤ら顔の中年男が出てきた。フェリシアは、思わず側の大きな仏像の陰に身を隠した。

「じゃ、確かに金は受け取りましたぜ、公爵」

赤ら顔の男は、がらがら耳障《みみざわ》りな声だった。

「もう二度と来ないで欲しい。約束の金額以上、支払ったのだ」

コンラッドが、硬い表情で男の後から姿を現した。

「へへ、わかってますって——そういや公爵様、このたび結婚式を挙げられるそうで、めでたいことですな」

「きみに関わりないことだ」

「俺の可哀想《かわいそう》な妹は、あんたに捨てられて、流産して死んじまったが、今度の女性とはうまくいくといいですな」

男の言葉に、フェリシアはあやうく声を上げるところだった。

コンラッドは、厳しい表情で無言のままだった。

赤ら顔の男はフェリシアの潜んでいる仏像の側を通り過ぎ、外に出ていった。男はぷんと酒臭かった。

コンラッドは男が姿を消すまでじっと見送っていたが、やがて深いため息をひとつつき、再び社長室の中へ戻っていった。

社長室の扉が閉まると、フェリシアは足音を忍ばせて、小走りで会社を出た。

馬車に戻りながら、ショックのあまり足ががくがく震えるのを感じた。

(まさか……あのグレン男爵の話が、ほんとうだったというの!?)

頭ががんがんした。

(嘘よ！　コンラッド様は厳しいお方だけど、決して不誠実なことなどなさらない……！)

だが、たった今自分の耳で聞いた会話は、あきらかにグレン男爵の話を裏付ける。

(信じられない。コンラッド様が女性を物のように扱《あつか》うなんて――所詮、私も絵の素材――そして、子ども産む道具にすぎないの!?)

今にも通りの真ん中で、わっと泣き出してしまいそうだった。

からくも馬車に辿り着くと、扉を開けたメイドがぎょっとしたように声を上げた。

「まあ、奥様！　お顔が真っ青ですわ」

フェリシアは、メイドの手に縋ってなんとか立っていた。

「気分が悪いの……急いでお屋敷に戻ってちょうだい」

屋敷に帰り着くとフェリシアは倒れ込んでしまい、そのままメイドたちにベッドに運ばれた。かかりつけの医者の見立てでは、結婚式の準備に追われて、少し疲労が溜まっているのだろうということだった。

ベッドの中でフェリシアは、抉られるような胸の痛みに耐えていた。涙が溢れて止まらない。

(ばかな私……勝手に恋して、勝手に失恋して……)

所詮若く初心な自分は、コンラッドの手の上で踊らされているだけの存在だったのだ。

ふいにノックもなしに寝室の扉が開き、コンラッドが足早に入ってきた。フェリシアは泣き濡れた顔を見られたくなく、慌てて頭から毛布を被った。

ベッドの側に立ったコンラッドが、静かな声で言う。

「倒れたと聞いたが、気分はどうだ？　医者の話では疲労だということだが、どこかもっと具合の悪いところがあるのなら、正直に言いなさい」

声色に気遣わしげなニュアンスがあると思うのは、気のせいだろうか。

「別に——寝ていれば大丈夫です……」

彼に背中を向けて毛布を被ったまま、小声で答えた。

「ふむ——では、なぜ」

いきなりばっと毛布を剝《は》ぎ取られた。フェリシアは驚いて振り向いてしまう。

コンラッドが強い眼差しで見下ろしている。

「なぜ泣いている？」

フェリシアは顔を背けた。

「な、泣いてなんか、いません」

コンラッドが苦笑する。

「そんな真っ赤な目をして——きみは私に嘘がつけない」

フェリシアは唇を嚙み締める。自分の胸の内を知らないくせに、彼がなんでもお見通しのような態度を取ることが、つらくてならない。

ふいにコンラッドがベッドの脇に腰を下ろし、あやすようにフェリシアの髪を撫でてきた。

「さあ、何か悩みがあるなら言いなさい。私はきみを悲しませるようなことはしたくない」

頭を撫でる大きな手の平の温かい感触に、フェリシアは心臓が甘く震える。このままずっとこうしていたい、と心から思う。

「何も――多分、マリッジブルーです」

「そうか――」

コンラッドにしては珍しく、それ以上追及してこなかった。

「では、静かに休みなさい」

彼がゆっくり立ち上がる。

「あ――」

行かないで――と、思わず縋《すが》りそうになり、フェリシアは声を呑み込んだ。

「早く元気になれ」

コンラッドは気遣うように、扉をそっと閉めた。

(このさりげない優しさも、嘘なの?)

フェリシアはぎゅっと目を瞑《つぶ》り、抉るような心の痛みに耐えた。

結婚式当日。

スモッグで一年中どんより曇るロンドンには珍しく、雲ひとつなく晴れ渡った。

すっかり仕度の整ったフェリシアは、化粧室の姿見の前で鏡の中の自分をじっと見つめていた。

特注のウェディングドレスは、フェリシアを最高に輝かせていた。

純白のサテン地のドレスは、大きく広がったスカートのトリミングには手織りのレースがふんだんにあしらわれ、裳裾《もすそ》は長く数メートルも尾を引いた。大きく膨らんだパフスリーブの袖が初々《ういうい》しい。きゅっとウエストを絞ったサッシュのベルトには、幸福な結婚の象徴のオレンジの花が飾られていた。

豊かな蜜色の髪にもオレンジの花をあしらい、幾房も垂らしたカールが愛らしい顔を引き立てている。蜘蛛《くも》の巣のごとく繊細で薄いレースのロングヴェールが、その美貌を慎ましく覆い隠している。

手には真っ白なマーガレットを束ねた可憐《かれん》なブーケ。

「まあ、正に国一番の花嫁さんですわ」

「世界中に幸せを振りまきに来た、愛の女神様そのものです」

メイドたちは、感激に目を潤ませて口々に褒《ほ》め称《たた》えた。

フェリシアは、まるでひとごとのように彼らの賞賛を聞いていた。

(皆偽りの結婚だと、知らないから――)

胸がずきずきする。

これがほんとうの結婚式なら、どんなに心が躍《おど》ったろう。

王族御用達《ごようたし》のウェストミンスター寺院での、特別な結婚式。

ロンドン中の貴族と名士が招待され、列席している式。

豪華なウェディングドレス。

そして――何より花婿は恋するコンラッド。

(でもこれは契約結婚――私たちの間に子どもができれば、解消されてしまう)

表情が沈んでしまいそうになるのを、周囲の目を憚《はばか》って、無理矢理笑顔を作っていた。

化粧室の扉がノックされ、礼服姿のスティーヴが入り口で声をかけてきた。彼の後ろに、ブライズメイド《介添役》の若いメイドが二人、白いドレスに身を包み、緊張の面持ちで立っている。

「お式の準備が整いました。どうぞ――」

「わかりました」

フェリシアは、深呼吸してきっと顎を引いた。

どんな形であれ、晴れの日だ。明るい顔をしなければいけない。

スティーヴに導かれ、両脇にブライズメイドに付き添われ、フェリシアはしずしずと部屋を出た。

屋敷の外に、豪華な馬車が横付けされており、スティーヴと共にそれに乗り込む。

本来なら父親と共にヴァージンロードを進み、祭壇の前で待つ花婿の許へ向かうのだが、身内のいないフェリシアは、その役をスティーヴに頼んだのだ。

「ほんとうに――こんな晴れがましい日が来るとは、爺《じい》は思ってもおりませんでした」

スティーヴは目を潤ませて、声を震わせた。

「ご主人様がかつて、独身主義を貫かれると申したときは、私はとても気落ちいたしました。先代からお仕えし、ご主人様が幸せなご家庭を築くことが、私の最後の願いでしたから」

フェリシアは、この忠実な執事にも嘘をついていることに胸が痛んだ。

「スティーヴ、どうか今日はよろしくお願いします」

そう優しく声をかけることくらいしか、できなかった。

ウェストミンスター寺院に到着し、フェリシアはスティーヴと腕を組み、礼拝堂の入り口に立った。長い裳裾はブライズメイドたちがさばいている。

すっと観音開きの扉が開き、礼拝堂の中から荘厳なパイプオルガンの音が響いてくる。

「では、参りましょう」

スティーヴの合図で、フェリシアはゆっくりと祭壇までまっすぐに赤い布の敷かれたヴァージンロードに踏み出した。

左右には大勢の列席者が座って、いっせいに花嫁に注目している。

フェリシアは緊張が高まる。

祭壇の前に、コンラッドが姿勢よく立っていた。

オーダメイドの真っ白なタキシードは、長身の彼によく似合っていた。凛々《りり》しくしかも余裕のある表情でこちらを見つめている。

大人の男性の魅力に溢れている。

フェリシアの心臓が、にわかにどきどきいい出した。

まるでほんとうに結婚するみたいに、胸が甘くときめいてしまう。

あっという間に祭壇の前に辿り着き、スティーヴがフェリシアの手を、コンラッドの腕にあずけた。

「——綺麗だ」

コンラッドはわずかに目を眇《すが》め、ヴェール越しにもありありと感じる強い視線を送ってくる。その眼差しを感じるだけで、フェリシアは脈動が速まり、身体中の血が熱くなるような気がした。

二人は祭壇の前に並んで跪き、神父の説諭を受けた。

顔をうつむけて聞いているフェリシアは、実のところ神父の言葉はぜんぜん耳に入ってこなかった。

（もうすぐ——神様に永遠の愛を誓うんだ）

敬虔《けいけん》で純情なフェリシアは、普段でも嘘をつくのが苦手だ。

それを、神の御前で偽りの誓いをするなんて——。

胸の前で組んでいる手が、緊張で小刻みに震えてくる。

「コンラッド・マクニール、汝は、幸せなときも、困難なときも、富めるときも、貧しきときも、病めるときも、健やかなるときも、死が二人を分かつまで愛し、慈しみ、貞節を守ることをここに誓いますか？」

神父の問いに、コンラッドは礼拝堂中に朗々と響き渡る声で答える。

「はい、誓います」

彼の声には少しの迷いもなかった。

神父が同様のことをフェリシアに問うてくる。

「——誓いますか？」

「っ——」

フェリシアは咽喉に舌が張りついたように、声がなかなか出せなかった。

やはり声にして偽りの誓いを述べることは、どうしてもできない。

間が空いて、列席者たちのざわつきがさざ波のように広がった。

それを、若い花嫁の緊張のせいだろうと思ったのか、神父が助け舟を出す。

「新婦、うなずくだけでもかまいませんよ」

苦しくて今にも泣き出しそうだったフェリシアは、ほっとしてこくりとうなずいた。

ちらりとコンラッドがこちらに顔を向ける気配がした。

頬の辺りに、ちりちり灼けつきそうなほど鋭いコンラッドの視線を感じ、フェリシアは心臓が縮み上がった。

「たった今、愛し合う二人の間に、永遠の結婚の誓いが成されました」

神父の言葉に、祭壇の後ろに並んでいた聖歌隊が祝婚歌を歌い始めた。

結婚指輪を交換し、二人は向かい合う。

列席者たちがいっせいに祝福の拍手をする。

コンラッドの手が、ゆっくりヴェールにかかる。

視界が開け、目の前に端整な花婿の顔が見えた。

彼は幾分強ばった表情をしている。

深い青い目が、厳しい眼差しでこちらを見つめている。

フェリシアは、胸の底まで見通されそうで、思わず視線を下ろしてしまう。

しなやかな男の手が顎を上向かせ、そっと唇を重ねてきた。

その柔らかな感触に、せつないほどの愛おしさが込み上げてくる。

(この人を愛しているのに——偽りの結婚をしてしまった……)

フェリシアの双眸《そうぼう》から、遂に堪《こら》えきれない涙がぽろぽろとこぼれ落ちた。

初々しい花嫁の感激の涙だと、満場の列席者は笑みを深くし、さらに拍手を続けながら、口々に祝福の言葉を投げてくる。

「おめでとうございます！」

「いつまでも幸せに！」

コンラッドがフェリシアの腰に手を回し、列席者の方を向かせた。

彼は極上の笑顔で、招待客たちに微笑んだ。

フェリシアは罪の意識に苛《さいな》まれ、ただとめどなく涙を流し続けた。

(私は、世界で一番惨《みじ》めな花嫁だわ……)

式を無事済ませ、ウェストミンスター寺院から屋敷に戻った。来週、屋敷の大広間で大々的な披露宴が催される予定になっていた。

「どうやら彼女は、緊張で疲れ果てているようだ。私たちは夕方までひと休みするので、あとのことは任せる」

玄関口で、コンラッドは使用人たちにそう言い置くと、傍《かたわ》らでうなだれているフェリシアをさっと横抱きにした。

「あ——」

フェリシアが戸惑《とまど》っている間に、コンラッドはそのまま悠々と玄関ロビーに入り、中央階段を上がっていく。ウェディングドレスの長い裳裾が引き摺られ、さらさらと衣擦れの音を立てた。

後ろで見送っているメイドたちが、うっとりしたようなため息を漏らすのがわかった。

「まあ、なんてロマンチックなの」

だが、フェリシアはロマンチックどころか、生きた心地もしなかった。

コンラッドの声や抱き上げる腕の力から、彼が気分を害していることを敏感に感じていた。

「あ……あの……」

コンラッドは無言のまま夫婦の寝室へ入った。

そして、フェリシアをベッドの上に乱暴に投げ出した。

「きゃ……」

ベッドに仰向けに倒れたフェリシアは、長いヴェールや裳裾がもつれ、網《あみ》に囚われた獲物のように身を捩った。

コンラッドは、フェリシアを見下ろす形で腕を組んだ。

「今日のきみほど、最低な花嫁はいなかったな」

凍りつくような声に、フェリシアは震え上がった。

「納得ずくで結婚したのだ。なぜ、あんなに情けない態度を取る？」

「わ、私は……」

コンラッドの青い目が、怒りに燃えている。

「そんなにも、私が嫌いか？」

フェリシアは息を呑んだ。

暗く光る彼の目の中に、わずかな哀しみが見えるような気がした。

「契約だから、すべて私の言いなりになっていたのか？　私が成すことのすべてが、きみには嫌悪の対象だったというわけか？」

フェリシアはふるふると首を振り、唇を噛み締める。

「きみが声に出さないときは、大抵嘘をつけないでいるときだ。私にはよくわかっている」

苦い涙が込み上げてくる。

ふいに、コンラッドが耳障りな声で笑った。

「ふふ――では、私はとんだ道化師だ。きみを支配し、何もかも手に入れたと思っていたが、肝心なものは少しも手に入れられなかったというわけだ」

そんな自嘲《じちょう》めいた声を、初めて聞いた。

「考えれば、当然の結果か。金で妻を買うようなまねをした報いだな」

これまで見たこともない哀切《あいせつ》な表情のコンラッドに、フェリシアは心臓がきりきりと痛んだ。

（違うの――私はあなたに何もかも奪われていいの……！）

唇が震える。

(でも、偽りの結婚はいやなの！　ほんとうにあなたと愛し合いたいの……！)

それが言葉になる前に、コンラッドがふいに腕を摑んで引き起こしてきた。

「あっ」

腕に痛みが走るほど勢いよく起こされ、悲鳴を上げる。

「では、金で得たものだけで満足するしかない。両手を後ろに回しなさい」

コンラッドの声は、ひやりとするほど硬質だった。

「あ……」

戸惑っていると、コンラッドの方で力任せに両手を摑んで後ろで組ませ、両手首をベッドの天蓋を縛っていた縄状のタッセルでぎりっと縛り上げた。

「痛っ、何を……？」

激痛に呻《うめ》くと、コンラッドはフェリシアをうつ伏せにさせ、幾重にもドレープが重なったウェディングドレスの裾をたくし上げた。

「ああっ」

白いレースのストッキングに包まれたすらりとした両足から、柔らかな太腿、外すことのできない貞操帯まで露《あらわ》になる。

「や、やめて……何を……」

「子どもを成すまで――それが契約だった。では、契約を果たすまでだ」

かちゃりと貞操帯の錠前が外れる音と共にはらりと取り払われ、下腹部が剥き出しになった。

「ああ、いや、こんな格好で……」

羞恥に身を捩るが、コンラッドは力任せに押さえつけてしまう。

「これがほんとうの意味での、初夜だ。純白の花嫁を穢すというのは、背徳的で実にそそられる」

背後でトラウザーズを緩める気配がしたかと思うと、尻肉を両手で左右に押し広げられ、硬い肉塊がまだぴったり閉じたままだった陰唇に押しつけられた。

「あっ、だめ……っ」

コンラッドは容赦なく、まだ潤いのない膣襞を漲《みなぎ》った男根で抉ってきた。

「あぁっ、痛ぃ、あ、やめ……苦し……っ」

乾いた柔襞が肉胴に巻き込まれ、引き攣《つ》った。

こんな前戯もなしに乱暴に挿入されたのは初めてで、フェリシアはショックと激痛に悲鳴を上げる。

「だ、だめ、痛いの……抜いて……抜いてください……っ」

「騒ぐな、すぐによくなる」

コンラッドは命令口調で言いながら、さらに奥に切っ先を穿ってくる。

「や、あ、やめ……」

「拒絶など、させない」

コンラッドはフェリシアの背中にぴったりと覆い被さると、髪を覆っている長いヴェールを振り払い、剥き出しのほっそりしたうなじをきつく吸い上げた。

「痛っ」

「痛いのが、いいのだろう？」

意地悪く耳元でささやいたコンラッドが、耳朶や耳殻《じかく》にねっとりと舌を這わせてきた。

「あっ」

感じやすい部分を舐められ、肩がびくりと震える。

コンラッドの片手が鼠蹊部《そけいぶ》をまさぐり、和毛を掻き分けて結合部のすぐ上の小さな花芽を指先に捕らえる。

「ん、あ、ぁ……」

陰核《いんかく》を柔らかく転がされると、甘い痺れが下肢に広がっていく。

「どうだ？　きみの身体のことは、隅々までわかっているんだ」

耳を舐めしゃぶりながら、秘玉《ひぎょく》を円を描くように擦られると、たちまち花芯《かしん》が充血し、花《か》弁《べん》にじわりと蜜が滲んだ。

「や、あぁ、あぁぁ……」

「そら、濡れてきた――たやすいものだ」

コンラッドが勝ち誇った声を出し、さらに溢れてきた愛蜜《あいみつ》を陰核に塗り込めるように撫で回す。

「ひ、あ、あぁっ」

鋭すぎる快感がたちまち全身を犯し、フェリシアは逃れようと身を捩る。

だがコンラッドはフェリシアの腰を引き寄せ、滑りのよくなった膣腔に深くゆっくりと抽挿を開始する。

「ふ、あぁ、あ、や……あぁっ」

もはや喘ぎ声は、苦痛から悦びのものに取って代わられている。

「もうきゅうきゅうと締めつけてくる――正直な素直な身体だ。私が全部、教えた」

耳元に言い聞かすように吹き込みながら、コンラッドが次第に腰の動きを速めていく。

「つ、だめ、あぁ、そこ……だめぇ」

内壁の一番感じやすい部分を強く突き上げられ、鋭敏な秘玉をこの上なく優しく撫で回され、フェリシアはあっという間に絶頂に駆け上る。

「だめっ、あ、だめ……も、すぐ……にっ」

びくびくと膣壁が震え、男の肉胴をきつく締め上げた。その灼熱の剛直の造形をありありと感じながら、フェリシアは達してしまう。

「もう達ったのか？　口ほどにもない。淫乱な花嫁だ」

からかうように言われ、恥ずかしさに耳朶まで血がかあっと上る。

コンラッドは、屹立をめいっぱい頬張っている蜜口からとろとろ溢れる蜜をさらに掬《すく》い取り、ひりつく陰核を再び捏《こ》ね回す。

「ひぅ、あ、やぁっ」

ぐったりしていたフェリシアは、鋭い喜悦に背中を仰け反らす。

「だめっ、もう、しないで、やあっ、あああぁっ」

恐るべきことに、二、三度強く肉棒で突かれただけで、再び激しく達してしまった。

「ひ、ひぁ、ひ……ぅ」

フェリシアは、シーツに顔を押しつけて、ひくひく甘く啜り泣いた。

「よくてたまらないのだろう？　もっとして欲しいだろう？」

コンラッドは両手で彼女の細腰を抱え、ぐっと深く子宮口まで突き上げたかと思うと、膣腔の半ばで小刻みにくちゅくちゅ搔き回したり、自在な動きでフェリシアを翻弄する。

「はぁ、は、あぁ、い、あぁ、いい……っ」

何度も極めているうちに、理性が瓦解《がかい》し、ひたすら与えられる快感を貪るだけになってしまう。

「いいのだろう？　ここがいいだろう？　奥が――」

拘束された身体を悩ましくくねらせるフェリシアに、コンラッドが息を弾ませた色っぽい声で責める。

挿入したまま、子宮口を捏ねるようにねっとりと掻き回されると、頭が真っ白になるくらい感じ入ってしまい、恥も外聞もなく嬌声を上げてしまう。

「ふ、ぁあ、奥、いいの……あぁ、当たるのぉ……あぁ、すごい……っ」

もはや、苦悩も哀しみもどこかに消え失せ、ただただ奔流《ほんりゅう》のような激しい快感の波にもみくちゃにされる。

仕立て下ろしのウェディングドレスが、すっかりくしゃくしゃに蹂躙《じゅうりん》され、汗と体液で汚されていく。

「どうだ？　私がもっと欲しいだろう？　私だけのものになると、ここで誓うんだ、さあ」

がつがつと腰を打ちつけながら、コンラッドが言いつのる。

「……や、ああ、やあ……っ」

「神父の前で言えなかった言葉を、ここで誓え」

激しい抽挿と共に、再び花芽がすり潰されるように指で擦られた。

「ひ……ぐ、あぁあ、だめぇえええっ、達くっ……」

あまりに苛烈《かれつ》なエクスタシーに、フェリシアは息が止まるかと思う。ぎゅっと閉じた瞼の裏で、ばちばちと法悦の火花が散る。

「あ、あぁああ、コンラッド様……あなたの、ものに……私を……あなただけの……っ」

フェリシアは、全身で強くイキみ、我を忘れて叫ぶ。

「もっと……あぁ、もっと……全部……っ」

これ以上耐えきれないほどの喜悦が全身を駆け巡り、フェリシアは唇を戦慄かせ、頭を振り立てた。

最奥で濡れ襞がひときわ強くうねり、肉幹を何度も強く締め上げる。

「全部——きみにあげよう」

コンラッドが荒々しいため息を漏らし、びくんびくんと大きく腰を震わせた。

「はぁっ、あ、あぁぁ、あああぁっ」

灼熱の欲望が、どくどくと大量に注ぎ込まれ、フェリシアは意識が燃え上がる愉悦の渦《うず》に呑み込まれ、何もわからなくなった。


どれほど意識を失っていたか。

はっと顔を上げると、拘束を解かれドレスを直された姿で、ベッドに倒れ伏していた。

側に腰を下ろし、コンラッドが一心にスケッチブックに鉛筆を走らせている。

彼の周囲には、何枚も描き潰したフェリシアのしどけない姿のスケッチが散らばっていた。

フェリシアは薄く目を開け、恐ろしいほど真剣な表情でスケッチブックに向かっている彼の横顔を見つめた。

(神聖なほど美しい——芸術の神様に愛された至高の人……)

胸がきゅんと疼いた。

(そう——この人は何より芸術が大切なんだ。私のちっぽけな愛なんて、叶うわけがないんだわ)

その瞬間、フェリシアは理解した。

コンラッドがこの世で一番愛するのは、絵画の天啓なのだと。

そのためなら、彼は偽りの誓いでも結婚でも、平気でするのだろう。

ふとこちらに目をやったコンラッドが、表情を緩めた。

「——目が覚めたか？　少し、ひどくしてしまったな」

彼はスケッチブックと鉛筆を傍らに置くと、すっかりほつれてしまったフェリシアの長い髪をそっと撫でた。

先ほどの激情が去った今、彼の声は滑《なめ》らかで柔らかい。

(——こんなふうに、少しでも優しくされるだけで、心がぐらついてしまう。契約の間だけでも、それに縋って生きていってもかまわないくらい、好き——でも……)

フェリシアは頭をずらし、彼の手を外した。

コンラッドがわずかに目を見開く。

フェリシアは、のろのろと起き上がった。

これ以上、本心を抑えていることはできそうにない。

彼女は勇気を出して、まっすぐコンラッドを見つめた。深い青い瞳に気持ちが甘く引き摺られそうになるのを、必死で耐える。

「私――ずいぶんとコンラッド様には助けていただきました。家のこと、ハンナのこと、あなたがいなければ、私は今でも負債を抱えた貧しい花売り娘だったでしょう」

コンラッドは表情を変えずに黙って聞いている。

「でも――」

フェリシアは涙が込み上げて、声が震えそうになる。

「やっぱり、神様の前で偽りの誓いをした自分が許せない……！　コンラッド様は、私の美点は正直なところだっておっしゃったけど、私は嘘つきだわ！　肉体の快楽に流されて、心にもないことを口走ってしまう自分も、許せない！」

コンラッドは凍りついたように凝視している。

フェリシアはひたむきに彼を見つめた。

これが精一杯の、彼への思い遣りだと自分を鼓舞した。

「偽りの結婚も出産も、したくないの！」

(契約なんかじゃなくて、心からほんとうにあなたと結ばれたかったの！)

胸の中では、血を吐くような絶叫をしていた。

コンラッドは怒りもせず、無表情でこちらを見ている。

ひとつだけ心にずっと引っかかり、どうしても聞きたいことがあって、フェリシアは思いきって口にする。

「それに——昔、あなたが女性にひどいことをしたっていう噂を聞いたわ……」

コンラッドの片眉が、ぴくりと上がった。

それから彼は、静かに答えた。

「その通りだ」

「！——」

あまりにつらくて、叫び出しそうなのを堪える。

「ひどい——そんな人、信用できない——もう、ついていけない……！」

コンラッドはしばらく無言でいた。

わずか数分だったが、フェリシアには何時間も過ぎたように感じられた。

やがてコンラッドは物憂い声を出した。

「それが——君の本心か」

フェリシアは込み上げてくる涙を呑み込むだけで、精一杯だった。

「た、立て替えてくださった負債分は、これから一生かけてお返しします……ただ、ハンナのことだけは、どうか恩情をください」

コンラッドが冷ややかに言った。

「そんなもの、気にするな。私がやりたくてやったことだ」

彼は上着の内ポケットから、何か折り畳んだ書類を取り出した。それをフェリシアの胸に押しつけた。

「結婚証明書だ。正式に結婚式を挙げてから、晴れて役所に出すつもりでいた」

フェリシアは目を見開いた。

もうすでに書類は提出されていたと思い込んでいた。彼がきちんと順番に則るつもりで、しかも結婚証明書を肌身離さず持ち歩いていたという事実が、フェリシアの胸を強く揺さぶった。

(もしかして——本当は、私のことを大切に思ってくれていたの?)

何か彼に言わねば、と必死で頭を働かせようとしているうちに、コンラッドはゆっくり立ち上がった。

「それはきみの方で捨てるなり破くなり、処分してくれ」

「コンラッドさ……ま」

コンラッドの表情からは、いっさいの感情が消え失せていた。

彼はくるりと背中を向けると、低い声で言った。

「世間への説明は、私の方で滞《とどこお》りなく片付ける。私は芸術家だ。芸術家というものは、変人で気まぐれだと相場が決まっている。披露宴をキャンセルしようが、結婚してすぐ妻を追い出そうが、非難を浴びるのは私だけだ。世間から誤解を受けることには慣れている。だから、きみは自由だ。ここを出ていくのなら、引き止めはしない」

そのまま彼は、寝室を出ていってしまった。

「コンラッド様……！」

いつもの彼なら、意地悪いせりふや甘い言い回しを駆使してフェリシアを翻弄し、彼の意のままにしていたろう。

だが、最後の最後で、コンラッドはフェリシアの意志だけを尊重してくれた。

自分が望んだことなのに、猛烈な後悔に襲われた。

フェリシアはとてつもない空虚感《くうきょ》に包まれ、呆然《ぼうぜん》とベッドに座り込んでいた。

失ってしまったものの大きさに、やっと気がついた。

だが、何もかも遅かった。

第六章　耽溺の拘束

翌日。

コンラッドはフェリシアと顔を合わせることなく、出勤してしまった。それは、もう二度と顔を見たくないという意思表示のように思え、さらに心が打ち拉《ひし》がれた。

フェリシアはそそくさとわずかな手荷物をまとめると、スティーヴに鉄道の駅まで馬車を出すよう頼んだ。

長年仕えている古参の執事は、何かただならぬ事態を察したようで、もの問いたげにフェリシアを見たが、黙って従った。

馬車に乗り込むさいに、フェリシアはなるべく平静を装って、スティーヴに声をかけた。

「今まで、ほんとうにあなたにも屋敷の人たちにも、お世話になりました。心から感謝します」

スティーヴがさっと顔色を変える。だが彼は最後まで執事らしく慎《つつし》み深く振る舞う。

「お、奥様——今夜の晩餐《ばんさん》のメニューは奥様の大好物のローストビーフでございます。早めのお帰りをお待ちしております」

「ありがとう――」

それ以上言葉を交わすと泣けてしまいそうで、フェリシアは慌《あわ》てて馬車に乗り込んだ。馬車が走り出すと、後ろを振り返らないようにうつむいてぎゅっと目を瞑《つぶ》った。

自分の大事なものを全部置いてきてしまったようで、後ろ髪が引かれるのをじっと耐えた。

フェリシアは、郊外のハンナの家を頼っていった。

突然現れたフェリシアに、ハンナは驚きつつも、憔悴《しょうすい》しきった彼女を見ると、黙って受け入れてくれた。

傷心のフェリシアは、ハンナとひっそりと暮らし始めた。

もしかしたらと甘い期待をしたが、コンラッドからの連絡はいっさいなかった。

フェリシアは、コンラッドへの恋情を封印し、気持ちが落ち着いたら園庭で花を栽培し、また花屋でも開こうかと考えていた。

だが、離れれば離れるほど、コンラッドへの想いが膨《ふく》れ上がってくる。フェリシアは、自分の心がどれほど彼に奪われてしまったのか、改めて自覚するのだった。

屋敷を出て十日後のことだ。

夕飯の買い物がてらに、駅前のドラッグストアに寄ったさい、並べられた新聞の見出しに目を奪われた。

「マクニール公爵、廃業宣言！」

ぎくりとして急ぎ新聞を買い求め、その場で記事を読んだ。

曰《いわ》く、「ロンドンでも高名な画家であるマクニール公爵は、昨日、突然の廃業宣言を行った。これ以降、もう二度と絵筆は取らないと表明。芸術界は騒然となった。彼は絵筆を折った理由をあきらかにしていない」

活字を目で追っているうちに、フェリシアは全身の血の気が引いてきた。

(どうして!?　あんなに才能溢《あふ》れた方が、絵をやめてしまうなんて……！)

記事の最後は、

「このため、公に発表されたマクニール公爵の絵は、物議を醸《かも》した『女神降臨』が最後となった」

と、締め括《くく》られていた。

フェリシアは、胸が熱く掻《か》きむしられた。

(最後に、私を描いてくれたのだ……)

そのとき、フェリシアの脳裏にコンラッドの言葉が蘇《よみがえ》る。

「描きたいのはきみだけだ」

彼のその言葉に、嘘偽りはなかったのだ。

結婚は偽りでも、コンラッドは本気で真摯《しんし》に向かい合ってくれていたのだ。

「あ、ああ……」

フェリシアは、新聞を胸にぎゅっと抱いて啜《すす》り泣いた。

愛する男から、一番大事なものを奪い去ってしまったのだ。

芸術の神に愛されたコンラッドために身を引いたのに、そのせいで彼自身が、自分の命同然の才能を捨て去ってしまうというのか。

(どうすればよかったの？　わからない……)

フェリシアの心は千々《ちぢ》に乱れた。


翌日のことだ。

フェリシアは銀行に用事があり、市内まで出てきた。

ロンドンは相変わらず馬車と人通りが激しく、活気と混乱に満ちている。

静かな郊外から久しぶりに来ると、なんだか別の世界のようで、この街でコンラッドと出会い、暮らしたことすら夢のように思えた。

(さっさと用事を済ませて、早く帰ろう)

そう思い、帰りの列車の切符を買おうと、駅ターミナルに向かった。

と、駅横の酒場の前で、一人の男が道行く人に声をかけている。

「ねえだんな、酒代を恵んでくださいよ。一ペニーでいいんですよぉ」

その酒焼けしたがらがら声に、聞き覚えがあった。

そっと近づくと、確か以前、コンラッドの会社で遭遇した赤ら顔の中年男だ。

男は相変わらずみすぼらしい格好で、安い酒の匂いをぷんぷんさせている。通りを行き交う人々は、眉をひそめて彼を避けていく。

フェリシアはその男をじっと見つめ、ごくりと生唾《なまつば》を呑《の》み込んだ。

もはや別れてしまった相手だ。

コンラッドの噂《うわさ》などどうでもいいはずだ。

だが、フェリシアの胸の中に、もやもやした疑念をどうしても正したいという思いが湧いた。

(恐ろしいけれど——あの男に真実を問いただそう。知りたい。コンラッド様のどんなことでも、私は知りたい)

フェリシアは怖々男に近づいていった。

酒代を奢《おご》るので話を聞かせて欲しいというと、赤ら顔の男は即座に承諾した。

目の前の酒場に入り、男はすぐビールを頼み、運ばれてきたジョッキを摑んで一気呑みした。

「ぷはー、お代わりいいですよね？　お嬢さん」

フェリシアがうなずく前に、赤ら顔の男はどんどん酒を注文する。何杯かあおると、男の機嫌がみるみるよくなる。

「ええと、お話って、俺の妹のことでしたよね？」

「そうよ。噂ではマクニール公爵が妹さんを弄《もてあそ》んで——死に追いやったって……」

フェリシアは、体臭と酒の混じった男の匂いの強烈さに閉口しながら尋《たず》ねた。

「へへー、実はね——ほんとは、逆なんですよー」

「逆？」

男は赤ら顔をぐっと寄せ、秘密めかして言う。

「もう二十年も前のことですが——うちはそれなりの身分の伯爵家で、妹はとある舞踏会でマクニール公爵と知り合い、熱烈な恋に落ちたんですよ」

十八歳の若きコンラッドの恋——自分が生まれる前の出来事だ。まるでおとぎ話でも聞いているように、現実味がない。

「妹はそりゃ美人で、ずいぶんと男にちやほやされて、すこし高慢《こうまん》なところがあったんです。どっちかというと、マクニール公爵が入れ込んでた感じですな。で、二人は婚約までしたんだが、うちの愚《おろ》かな妹が、他の男と浮気しましてね。それを知ったマクニール公爵は、ずいぶんとお嘆きになったが、惚《ほ》れた弱みで妹を許し、結婚しようとしたんです。そこに、妹の妊娠が発覚。もちろん浮気相手の子で。さすがのマクニール公爵も怒り、妹と別れたというわけです」

フェリシアは愕然《がくぜん》とする。

「それでは、噂とぜんぜん違うわ――」

赤ら顔の男は、ビールからスコッチウィスキーに変えて、がぶ飲みした。

「その後、妹は赤ん坊を死産し、肥立ちが悪くて可哀想《かわいそう》に命を失ってしまった。世間では、見た目が冷徹《れいてつ》そうな公爵が、妹を弄んで捨てて死に追いやった、って噂が流れた。公爵は、妹の死をご自分の責任だとお感じになったようで、その噂を否定せず受け入れたんです。唯一の身内だった俺に、口止め料まで払ってね」

赤ら顔の男は、すっかり呂律《ろれつ》が回らなくなっている。

「うちの伯爵家は、俺の代で没落しちまって。俺はこうして、公爵や他人にたかって、生きてる有様で――」

ふいに男の頭ががくんと下がり、彼はテーブルに突っ伏して鼾《いびき》を搔き始めた。

フェリシアは、気が抜けたように男の白髪まじりの頭を見つめていた。やっと我に返り酒代を清算し、もつれる足取りで酒場を後にした。

心臓の脈動がどんどん高まっていく。

(やっぱり、コンラッド様は誠実なお方だった……)

心の中で一点曇っていたものが晴れ、フェリシアはせつないほどコンラッドに会いたくなった。

契約を破棄《はき》し、彼を信じないで飛び出してきた自分が、再び受け入れられるとは思っていない。

だが、コンラッドには絵を描き続けて欲しい。

うぬぼれのようだが、コンラッドが自分を失ったせいで絵筆を折ったとしたら、どんな責めも受ける覚悟で彼に懇願したかった。

（あの方の才能は、唯一無二のもの――決して手放してはいけない。そして、あの人の口から真実のすべてを聞きたい。たとえどんなにつらい話でも、今度は逃げないで受け止めたい）


フェリシアは心を決めた。


「お嬢様、どうぞご心のままになさってください」

帰宅し、ハンナに自分の決意を打ち明けると、彼女は真摯に言った。

「もうハンナのことはお気にせず、ご自分の幸せだけをお考えください。お嬢様が幸福で満ち足りた人生を送られることだけが、ハンナの願いなのです」

「ありがとう、ハンナ」

フェリシアは、母親代わりで苦労を共にしてきた年老いた乳母ときつく抱き合った。

(今度こそ、自分に嘘をつかないわ)

マクニール屋敷の前で辻馬車を降りると、フェリシアは玄関アプローチで足がすくんだ。

初めてこの屋敷を訪《たず》ねたときのことを思い出す。あのときは、憧れと希望に満ちていた。

今は、後悔と慚愧《ざんき》の念が胸を満たしている。

コンラッドに会うのが怖い。

いや、会ってくれさえしないかもしれない。けんもほろろに追い出されることも、覚悟しなければならない。

しばらくぐずぐずしていると、ふいに扉が開いた。

穏《おだ》やかな表情のスティーヴが立っている。

「お帰りなさいまし、奥様」

フェリシアは声を失う。

「わ、私……」

スティーヴは一歩下がって、丁重にフェリシアを招き入れる。

「どうぞ――ご主人様がお待ちですよ」

フェリシアは当たり前のように迎え入れたスティーヴの態度に、茫然自失《ぼうぜんじしつ》としたまま、ふらふらと屋敷に踏み入った。

「ご主人様はアトリエにおられます。どうか、お声をかけてあげてくださいまし」

スティーヴは右手を左胸に当てて、恭《うやうや》しく一礼した。

フェリシアは普段と変わらない態度の彼に、深い思い遣《や》りを感じた。

「ありがとう、スティーヴ」

スティーヴは頭を下げたままだった。

フェリシアは決意を固め、ぐっと顎《あご》を引いてアトリエに繋がる廊下を歩いていった。扉を軽くノックし、静かに開く。

太陽光が贅沢《ぜいたく》に差し込むアトリエは、眩《まぶ》しいほど明るく静謐《せいひつ》だ。

その光の中、壁に立てかけた大きなキャンバスの絵をじっと見つめているコンラッドがいた。

彼が視線を置いている絵は、「女神降臨」だった。

シャツの腕を捲《まく》り、革のサスペンダーに繻子《しゆす》のトラウザーズ姿の彼は、こちらに横顔を見せている。少しやつれていたが、鋭角に削《そ》げた頬が彼の美貌に凄みを加え、ぞっとするほど端整だ。フェリシアが入ってきたのを知っていて、顔を向けない彼に、勇気を振り絞って声をかけた。

「コンラッド様――どうか、どうか絵をやめないでください」

コンラッドは微動だにせず、低い声で答えた。

「私にはもう、描きたいものは何もない」

突き放すような言い方に、フェリシアはめげそうになるが、出ていけとは言われなかったことに力を得て、一歩一歩コンラッドに近づいていった。

すうっと深く息を吸うと、きっぱりと言った。

「自分勝手に出ていった私のことを、許してくれとは言いません。でも——コンラッド様が再び絵筆を取ってくださるのなら、私、今度こそ、この身を命を、あなたに捧げます」

ふっとコンラッドがこちらを向いた。

心の底まで見通すような鋭い視線を感じると、フェリシアの全身が甘美に痺《しび》れる。彼の強い眼差しに串刺しになったように、身動きできない。

「命を捧げるだと？　——安易な約束はしないことだ。相手が本気で付け入ってきたら、どうする？」

彼の口元が皮肉めいて上がる。

ああああの笑みだ——意地悪く冷酷《れいこく》で自信に満ちて、そしてこの上なく魅力的で——いつまでも見惚《みと》れていたいほどに。

もうフェリシアは、彼の傲慢《ごうまん》さも意地悪さも怖くなかった。その硬い鎧《よろい》に覆われた心の中に隠れた、優しさや思い遣り深さを知っているからだ。

「あなたに付け入られるなら、かまいません、コンラッド様。だって――あなたが好きなんです」

コンラッドは唇を引き締めて押し黙った。

(彼は、気持ちを押しつけられることが嫌いな人だったわ――こんな告白、迷惑なだけかもしれない)

だがフェリシアは、彼の怒りを買うことを承知で言いつのった。

「ずっと好きだった。会う前からあなたは私の憧れの人でした。偽りの結婚でも、あなたと一緒にいられるならかまわなかった――愛しているから」

言い終えると、興奮と緊張が一気に解けて、フェリシアはその場に頽《くずお》れそうだった。だが、真摯な眼差しで彼をひたと見つめ続けた。

ふいにコンラッドが、満足そうに微笑んだ。

「ではきみは、自分から私の支配を求めてやってきたわけだ」

フェリシアはうなずく。

「その通りです」

コンラッドが手を差し伸べた。

「ここへおいで」

フェリシアは見えない糸に引かれるように、彼の胸に飛び込んだ。

ぎゅっと強く抱き締められた。

コンラッドはフェリシアの髪に顔を埋め、深く息を吸うとしみじみした声でつぶやいた。

「では、私はからくも賭《か》けに勝ったのだな」

「賭け？」

「そうだ。私は支配されるのは好まない。契約を破棄しきみを手放したのは、きみから私を求めてくるのを待っていたのだ――思った以上に、つらい時間だったよ」

フェリシアははっとする。

「え？ もしかして、絵筆を折るという宣言は、私を呼び寄せるための罠《わな》だったの？」

コンラッドはフェリシアの両肩を抱き、鼻が触れるほど近く顔を寄せにやりとした。

「その通りだ」

「つ――ずるいわっ」

フェリシアはかあっと耳朶《じだ》に血を上らせた。やはり彼は、狡猾《こうかつ》で一枚上だ。

「だが、嘘はない。私はきみしか描きたくない。きみを失えば、絵筆を折るしかないだろう？」

彼の柔《やわ》らかな唇が、フェリシアの頬や鼻先に口づけしてくる。その感触に、胸が熱くなる。

「では、あなたに絵を描き続けてもらうために、私はずっとここにいてもいいですか？」

「無論だ」

「今度は、契約なんかじゃいやなんです。私で、いいのですか？」

コンラッドが艶《なまめ》かしい表情になる。

「私は最初から、きみが欲しい、きみしかいない、きみに惹かれていると、言っていたと思うが？」

「あ――」

それでは、ずっと彼は本気だったのだ。

ただ、フェリシアが自分に自信が持てずに、コンラッドの言葉を信じきれていなかっただけなのだ。

「そんな……私ったら……コンラッド様のことを疑ってばかりいて……」

悔し涙が溢れてくる。

その涙を唇で受けながら、コンラッドは背骨に響く深いバリトンの声でささやく。

「愛している」

「ぁ……あ」

全身がせつなく甘く溶けてしまう。

「私ほど、きみを愛している男はいない」

自信に満ちた言葉が、じんと鼓膜に染みてくる。

「コンラッド様……！」

フェリシアは感極まり、自分から彼の首に強く抱きついた。彼は壊れ物を扱《あつか》うように、そっと抱き返してきた。

「好き、大好き、愛しています……！」

コンラッドの首筋や頬に、口づけの雨を降らす。最後に唇に辿《たど》り着き、強く押しつけた。待ち受けていたようにコンラッドが口づけを仕返してくる。

「ん、あ、ぁふ……」

自ら舌を差し出し、深い口づけに酔いしれた。互いの魂を奪い合うように、獰猛《どうもう》に情熱的に舌を絡ませ吸い上げた。

「私だけの女神《ミューズ》」

耳孔《じこう》に熱い息と共に吹き込まれる、心地好いフレーズ。じんと下腹部が淫《みだ》らに疼《うず》く。

「あ、ぁあ、コンラッド様……」

二人は絶え間なく口づけを繰り返しながら、折り重なるように床に頽れた。もどかしげに互いの衣服を脱がせ合い、生まれたままの姿で再び抱き合う。深い口づけだけで、フェリシアの白い肌が淫らピンク色に染まっていく。

「なんと美しい——」

コンラッドが陶酔《とうすい》した声でつぶやき、すでに赤く尖《とが》っている乳首を口唇で愛撫《あいぶ》する。

「は、あぁ、はぁあ……」

わずか十日ほどしか離れていなかったのに、身体中が淫らに飢《う》えて、コンラッドを求めていた。

ひりつく乳首を吸い上げられると、すでに潤っていた蜜口《みつくち》からさらに愛液《あいえき》が溢れ出し、子宮がきゅうっと収斂《しゅうれん》するように甘く疼く。

「あぁ、あ、も、う、もう……コンラッド様……」

フェリシアがもどかしげに腰をくねらせて、コンラッドの下腹部に擦りつける。彼の欲望も、すでに硬く張りつめていた。

「もう欲しいのか？　淫らでいけない子だ」

コンラッドが意地悪く言う。

「あぁん、だって……だって」

潤んだ瞳で見上げると、コンラッドは端整な顔を獣欲に歪《ゆが》ませた。彼は床に脱ぎ捨てたサスペンダーを手に取ると、フェリシアの両手首を頭の上でまとめ、きりっと縛り上げてしまう。

「さあこれでもう逃げられない」

「あぁ……」

身も心も、コンラッドに支配される被虐の悦《よろこ》びに溺《おぼ》れる。

「ああコンラッド、コンラッド様、私をあなたでいっぱいにして——何もかも、あなたで満たして……」

「もちろんだ。私のことしか見えないようにしてやる」

コンラッドの筋肉質の足がフェリシアの足の間に入り込み、両足を開かせた。引き締まった肉体が覆い被さり、灼熱の欲望が濡れそぼった蜜口に押し当てられる。

「あぁん、熱い……」

すっかり蕩《とろ》けきった柔肉は、コンラッドが軽く腰を入れただけで、ずぶずぶと剛直を呑み込んでしまった。

「はぁう、あぁああっ」

最奥まで一気に貫かれ、フェリシアは背中を弓なりに反らせると、たちまち軽く達してしまう。

「きみの中も、熱い」

根元まで深々と突き入れたコンラッドは、しばし媚肉《びにく》の感触を味わうように動きを止めた。それから彼は、フェリシアの背中に手を回しぴったり密着させると、ゆっくりと腰を穿《うが》ち始める。

「ふぁ、あ、深い……あぁ、奥が……」

子宮口を突つかれると、頭が真っ白になるほど気持ちよくなってしまい、どうしようもなく猥《みだ》りがましい声が漏れてしまう。

「すごいな――押し出されそうだ」

コンラッドが息を乱し、腰を押し回し抉るように膣壁を擦り上げる。感じやすい部分に膨れた亀頭の先が当たり、そこから燃え上がるように熱い愉悦が迫り上がり、フェリシアは幾度も絶頂を極めてしまう。

「あ、ぁあ、そこ、いい、だめ、ぁぁあ、あぁっ」

愛する人とひとつに繋がる悦びに、自分が自分でなくなってしまいそうなくらい感じ入り、嬌声《きょうせい》を上げ続けた。

「ここがいいんだね、どうしようもなく感じているね。可愛い私のフェリシア」

「んん、ん、あ、激し……あぁ、すごい、コンラッド様ぁ」

がくがくと揺さぶられ、もはや我を忘れて男の与える喜悦を貪《むさぼ》る。熟《う》れた膣襞《ちつひだ》は、脈動する肉茎にきつく絡みつき、もっと奥へと引き込もうと蠕動《ぜんどう》する。

「やぁ、こんなの……初めて、あ、おかしく……あぁああっ」

「く——これは保たない——フェリシア、一度達《い》くぞ」

コンラッドが低く唸《うな》り、フェリシアの両足を抱えてさらに深く抉《えぐ》ってきた。

「やぁ、あ、だめ、壊れちゃ……あぁ、あぁあ、また、達く……」

「は——達くぞ、中に……出すぞっ」

ばちゅばちゅと肌を打つ音が激しくなり、一瞬動きを止めたコンラッドがびくびくと腰を痙攣《けいれん》させた。

「く――」

「あ、あぁぁ、あぁぁぁぁあっ」

二人は同時に絶頂を極めた。

コンラッドは何度か強く腰をうちつけ、熱い迸りをすべて子宮口に注ぎ込む。そのたびにフェリシアは腰を大きく跳ね上げ、媚襞《びひだ》を収斂させては、欲望のすべてを受け入れようとする。

白濁を出し尽くしたコンラッドが、ゆっくりとフェリシアの上に頽れてくる。

「……は、はぁ、ぁ、は……」

二人は汗ばんだ肌を重ねたまま、浅い呼吸を繰り返した。

息も鼓動もひとつになって、悦びをわかち合った余韻に浸《ひた》る幸福感に、フェリシアはうっとりと目を閉じた。


快楽の名残を惜しみながら、フェリシアはコンラッドの腕の中に抱かれていた。

「――聞いても、いいですか？」

逞《たくま》しい男の胸に顔を埋め、フェリシアは控え目な声を出す。

「なんだ？」

「どうして――婚約者の死の誤解を解こうとしなかったんですか？」

コンラッドの古傷に触れるかもしれないが、彼があえて誤解のまま噂を受け入れている理由が知りたかった。

「――彼女を愛していたからね」

思いがけず、コンラッドは素直な声で答えた。

フェリシアは、はっと顔を上げる。コンラッドは、どこか遠くを見るような目をしていた。

「婚約中に浮気をし、妊娠し、死産をして命を失ったなんて――そんな真実は、死んでしまった彼女のために隠してあげたかった。私が汚名を被ればいいだけだ。女で悪い噂を立てられても、もう私は二度と女性を愛さないと決心していたからね、かえって好都合だったよ。事実を知っているのは、彼女の兄と執事のスティーヴだけだ」

ふいにコンラッドは苦悩を滲《にじ》ませて言う。

「私は彼女が子どもを産んだら、自分の子どもとして引き取ろうと思っていたんだ。嵐の夜に死んだ子どもは、小さな棺《ひつぎ》にキンセンカの花に囲まれて収められていた。ほんとうに小さくいたいけなかった。若かった私は、彼女と別れてこのような結果を招いたことを、心から悔《く》やんだ」

フェリシアは、嵐の日、このアトリエに一面のキンセンカに囲まれ、祈りを捧げていたコンラッドの姿を思い出した。

二十年間、コンラッドはずっと悔恨《かいこん》の念に苦しんできたのか。

胸に迫る哀切《あいせつ》の情にかられ、フェリシアはそっとコンラッドの手を握った。コンラッドはぎゅっと握り返してくれた。

「一生女性など愛することはないと思っていたのに——あの日、市場できみをひと目見て、私は嵐のような恋情に囚《とら》われた。きみが欲しい。きみだけが欲しい。きみを支配したい。私だけのものにしたい——突き上げる衝動を抑えるのに、必死だったよ」

「まさか、そんなに……？　私、ちっとも気がつかなかった」

いつだって大人の対応でフェリシアを翻弄《ほんろう》していると思っていたのに、コンラッドは胸の奥に、そんなにも昂《たかぶ》る激情を押し隠していたのか。

「いちおう、私も人生を重ねてきて、それなりに狡猾《こうかつ》になっていたからね。きみの心を捕らえようと、あらゆる手段を駆使したんだ。契約結婚などと持ち出したのも、すべてきみを私の側に置きたいがためだった。離婚する気など、毛頭なかったんだ」

コンラッドは、いつもの鷹揚な笑みを浮かべる。

フェリシアはそれほどまでに求められていたことに、胸いっぱいに幸福感が溢れた。

「今度こそ、ほんとうに結婚しよう」

「はい」

「もう一度、結婚証明書を作らねばな」

フェリシアは、首を振った。

「その必要はありません。肌身離さず持ってますから」

彼女は床に脱ぎ捨てたコルセットの内側から、コンラッドに渡されていた結婚証明書を取り出した。

「――」

コンラッドは、感動の面持ちで書類を見た。

「では――今すぐ、役所に提出してこよう」

床に散らばった服を掻き集め、コンラッドは素早く着替えだした。

「ほら、ぐずぐずしないできみも着替えるんだ」

「あ、ちょっと……待って」

慌ててフェリシアはドレスを引き寄せる。

「待たない。またきみの気が変わらないうちに、しっかり捕まえておくんだ。きみを一生、がんじがらめにしてやる」

「はい、わかりました」

せき立てられたフェリシアは、くすくす笑いながらも身支度を始めた。

市役所に二人で出向き、役所の立会人のもと正式に結婚証明書を提出した。

(ああ、これでほんとうにコンラッド様の妻になったのね)

フェリシアは、こみ上げる喜びに胸がいっぱいになった。

屋敷に帰宅すると、屋敷の前のアプローチにスティーヴをはじめ使用人たち全員が、ずらりと並んで出迎えていた。

「お帰りなさいませ！　ご主人様、奥様！」

一同は揃って頭を下げた。

「皆……」

フェリシアは声も出ないほど感動した。

その列の中から、フェリシア付きのメイドのスーザンが、涙ぐんで近づいてきた。お腹がふっくら目立ってきている。

「お、奥様……よくぞお戻りになりました……」

感極まったのか、彼女はおいおい泣き崩れた。

他の使用人たちも、皆嬉し涙に咽《むせ》んでいる。

「皆さん、勝手に出ていったりして、ほんとうにごめんなさい。どんなに迷惑をかけたか……」

するとスティーヴが進み出て、恭しく頭を下げた。

「とんでもございません。奥様は我々に、なんの面倒もかけておりません。迷惑を被《こうむ》ったのは、ご主人様からです」

「え？」

スティーヴが少し頭を上げ、悪戯《いたずら》っぽく微笑む。

「奥様が出ていかれてから、ご主人様の荒れようというのは、手もつけられませんでした」

「スティーヴ！」

コンラッドが咳払《せきばら》いする。

スティーヴは聞こえぬ素振りで続ける。

「会社には行かない、食事はなさらない、キャンバスを蹴り倒したり引き裂いたり——それはもう、大変な騒ぎで——」

「まあ……」

フェリシアは目を丸くして、傍《かたわ》らのコンラッドを見上げた。

「——スティーヴ、それ以上よけいな口をきいたら、解雇だ」

コンラッドが厳格な声を出した。

「いいえ、そうはさせないわ。スティーヴ、安心して」

フェリシアが口を挟む。

コンラッドがじろりと睨《にら》んでくる。

「私の命令は絶対だ。私はこの屋敷の主人だ」

今までのフェリシアならすくみ上がっていただろうが、コンラッドの真実の心を知った今、厳しい言葉すら甘いささやきに思えて、胸がときめいた。

「そして、私はこの屋敷の女主人ですもの」

「っ――」

コンラッドが面食らったように口を噤《つぐ》んだ。

フェリシアは、初めて彼から一本取ったような気がした。

「結婚したとたん、これだから、女というものは……」

コンラッドが忌々《いまいま》しげにつぶやくが、目の縁がかすかに赤らんでいて、本気ではないことがすぐにわかった。

スティーヴはじめ使用人たちは、満面の笑みでそんな二人を見守っていた。


その晩、二人は久しぶりの夫婦のベッドにいた。

コンラッドがそっとフェリシアの肩を抱き寄せる。

「やっと、ほんとうに、きみは私だけのものになったんだね」

「はい……」

コンラッドがフェリシアの首筋から肩へと、口づけを下ろしていく。その柔らかな感触に、フェリシアの下肢にさざ波のように熱い疼きが走る。

コンラッドは寝間着の釦《ボタン》を外し、露《あらわ》になった乳房を感嘆したように眺めた。

「なんだか、よりふくよかに艶《つや》やかになったようだ。神々《こうごう》しいくらい、綺麗《きれい》だ」

彼が乳房をそっと持ち上げ、赤い乳嘴《にゅうし》に吸いつくと、じんと全身が甘く蕩けた。

「あっ……あぁ、コンラッド様……」

濡れた舌先で乳首を弾かれると、媚肉がじゅわっと濡れてくるのがわかる。

コンラッドが裾《すそ》を捲り上げ、太腿の狭間をまさぐってくると、淫らな期待に下肢が戦慄《わなな》いた。

「ひどく——濡れている」

下穿きを引き下ろし、和毛《にこげ》の奥に指を差し入れたコンラッドが、陶酔した声を出す。ほころんだ秘裂《ひれつ》を数回撫でられただけで、フェリシアは甘やかな悲鳴を上げて、軽く達してしまった。

「あ、ぁあぁっ」

さらに密壺《みつつぼ》を撹拌《かくはん》されると、恥ずかしいほど愛蜜が垂れ流しになった。

「熱いね、それに絡みついて」

コンラッドが耳朶を甘噛みしながら、艶めいた声を耳孔に吹きかけてくる。

「あぁ、コンラッド様……」

フェリシアは彼の肩にしがみつき、与えられる快感に打ち震える。

「その可愛《かわい》い声を、ずっと聞きたかった」

コンラッドの巧みな指が、充血した秘玉《ひぎょく》の包皮を捲り上げ、凝《しこ》った花芽《かが》をくりくりと抉《こ》じり、えも言われぬ愉悦が背中から脳芯まで駆け抜けた。

「や、あぁ、あ、気持ち……いい、あ、だめ、あぁ……っ」

彼の首に強く両手を回し、びくびくと腰を浮かせては、何度も果てた。

充分フェリシアを達かせると、コンラッドの指がぬるりと抜け出ていく。

「もう——いいかい？」

フェリシアは頬を紅潮させ、こくりとうなずいた。

コンラッドは彼女の身体を抱いたまま、ソファに仰向けになった。

彼はそのままトラウザーズの前立てを緩め、すでに興奮に硬く屹立《きつりつ》している男根を取り出す。

「今宵は、きみが上になって、自由に動いてごらん」

「や……恥ずかしい……」

躊躇《ためら》いつつも、彼と早く繋がりたいという欲望が勝った。

足を広げてコンラッドを跨《また》ぎ、ゆっくりと腰を下ろしていく。

疼き上がった秘裂に硬い亀頭が触れると、灼《や》けつくような快感に、びくりと身体が揺れた。

「ん……ん、あ……」

白い喉を仰け反《の》らして、ずぶずぶと太い肉茎を呑み込んでいく。

逞しい脈動が、熟れた媚壁を擦っていく懐かしい感触に、涙が出るほど感じてしまう。

「あ、あぁ、深い……」

根元まで呑み込み、フェリシアは深々とため息をついた。

幾度となくコンラッドと交わったが、今ほど彼とひとつに溶け合っているという実感はない。

「熱い――きみの中、きゅうきゅう私を締めつけているよ」

コンラッドも感慨深い声を出す。

互いの感触を堪能した後、フェリシアはゆっくりと腰を動かす。

「んっ、は、はぁっ」

最初は躊躇いがちに、やがて自分の感じやすい部分をことさら擦りつけるように、淫らに腰を蠢《うごめ》かす。

「あぁ、あ、あ、コンラッド様、あぁ、んんぅっ」

フェリシアは感じ入った嬌声を上げ、刺激に合わせて蜜壺をきつく収斂させた。

「つ――フェリシア、すごい――最高だ」

コンラッドはうっとりと半眼になり、両手で揺れる剝《む》き出しの乳房を摑み、揉みしだいた。

「はぁ、あ、だめ、あ、そこ、いじっちゃ……」

鋭敏になった乳首を摘《つま》み上げられると、鋭い疼きに膣襞がきゅんと締まる。

「なんて感じやすくて、淫らで、そそる身体だ――愛《いと》おしい」

コンラッドが少しずつ、自ら腰を押し回してくる。

「きゃ、あぁ、だめ、だめ、あぁ、い、いいっ……」

感極まり、フェリシアは思わず乳房をまさぐっているコンラッドのがっしりした手首を握りしめた。

すると彼はフェリシアに指と指を絡め、きつく握り締めてくる。

「愛している、フェリシア」

「は、ぁ、私も……私も、愛している……っ」

二人は二度と離れまいとするかのように手を握り合い、腰を打ちつけ合い、陶酔の頂点へ昇っていく。

「あぁ、あ、だめ、あぁもう、もう……コンラッド様、もう、来て……っ」

媚悦《びえつ》で瞼《まぶた》の裏が真っ赤に染まる。

フェリシアは全身で強くいきみ、堰《せき》が切れたように快楽の波に身を任せた。

「フェリシア――っ」

フェリシアが恍惚《こうこつ》のため息を漏らした瞬間、コンラッドの欲望が熱く弾けた。

愛し合う二人は煌《きら》めく愉悦の高みでひとつに蕩け、深い幸福感に酔いしれていた。


幾度も愛し合った二人は、甘い疲労感を噛み締めながら、シーツの海に沈んでいた。

汗ばんだコンラッドの胸に顔を埋め、フェリシアはしみじみつぶやいた。

「――あのとき、銀行が取り立てを厳しくしてきたのは、今思えば神様の采配《さいはい》だったのですね。あれがなかったら、私はここへ来なかったもの」

懐かしく思い返していると、コンラッドがくすりと声に出して笑った。

「ふふ、ほんとうにきみは素直で純情で可愛らしい」

「何か、可笑《おか》しいですか?」

フェリシアがきょとんとすると、コンラッドは堪《こら》えきれないようにくっくと肩を震わせて笑った。

「私はきみを手に入れるために、あらゆる手を尽くしたと言ったろう? ロンドンでも指折りの資産家の私がひと言言えば、銀行の店長など思うままだ」

「え?」

まだぽかんとしていたフェリシアは、やっと気がついた。

「あ、では、銀行に私の返済を厳しくさせたのは、あなただったのですか?」

コンラッドは鷹揚にうなずく。

「切羽詰まったきみが、モデル代欲しさに私の許に来るようにね」

フェリシアは目を見開き、思わず彼の胸を拳《こぶし》で叩いていた。

「ひどい、ひどいわ！　私はどうしようかと、必死で悩んだのに！」

ぽかぽかと胸を叩くフェリシアの小さな拳を、コンラッドは顔色ひとつ変えず受け止めた。

「それは悪かったが、結果的にはきみは私のものになった」

フェリシアは彼があまりに平然と悪びれていないのに、気勢が削がれてしまう。

「今度こそ、愛する女性を二度と手放さないと、決心したんだ」

彼はふいに表情を引き締め、真剣になる。

「もう絶対に、きみを離さない」

「コンラッド……」

彼の愛情をひしひしと感じ、フェリシアは胸がいっぱいになった。

「私も、絶対にあなたから離れません」

想いの丈を込め、じっと見つめ返した。

「わかっている——愛しているよ」

「愛しています」

二人はどちらからともなく唇を合わせ、優しく慈《いつく》しみを込めて長い口づけを繰り返した。

エピローグ

「さあ、脱ぐんだ」

深みある声に、背中にすうっと戦慄《せんりつ》が走る。

フェリシアはそろそろと上衣の釦《ボタン》を外していく。

この頃は、彼の眼前でドレスを脱ぐ恥ずかしさにも、慣れてきた。

それどころか、焦らすようにゆっくりと一枚一枚脱ぎ、相手の熱い視線にさらされることに倒錯《とうさく》した悦びすら感じるようになった。

最後の下着を外し、一糸まとわぬ姿で両腕をだらりと脇に垂らす。

「うむ――」

コンラッドが視線を据《す》え置いたまま、吟味《ぎんみ》するように顎《あご》に手を添える。

その長くしなやかな指に、心が震える。

あの指で触れられたい、あの指で妖しく乱されたい。

とくとくと、妖しく胸の鼓動が高まる。

コンラッドはパレットや絵筆を乗せたテーブルの引き出しを開け、中から赤いロープの束を取り出した。

目を射るその赤色を見ただけで、下腹部がずきずきするほど甘く疼《うず》く。

「きりきりに縛ってあげよう」

コンラッドが酷薄《こくはく》な笑みを浮かべて近づいてくる。

彼の愛用する香水と男らしい体臭が混ざった濃厚な雄のフェロモンの香りに、フェリシアは頭の芯がくらくらと酩酊《めいてい》する。

「腕を頭の上に持ち上げて」

言われるまま、ほっそりした両腕を頭の上に掲げる。

両手首に赤いロープが回され、きゅっと締めつけられる。

「あ……」

コンラッドは器用に長いロープを操り、フェリシアの首に回し、乳房を絞り上げ、ウエストを締めつけ、股間を潜《くぐ》らせ——あっという間に彼女を緊縛していく。

ロープが肌を締めつけるたび、そこからかあっと熱い被虐の悦びが生まれてくる。

明るく静寂《せいじやく》に満たされたアトリエに、しばらくしゅっしゅっとロープが交差する音だけが響いた。

足首まで縛り上げたロープが、背中を通ってまた頭上に戻ってくる。

コンラッドはそのロープの端を、天井から吊り下がっていた鉄製の輪っかにきつく結わえつけた。

「さあ、できた」

「あ……ぁ」

両腕を高々と掲げ、全身を幾何学的《きかがく》な模様に交差したロープで緊縛された彼女の白い裸体は、淫靡《いんび》で背徳的だ。

「美しい。異教徒に囚《とら》われた、殉教者《じゅんきょうしゃ》のようだ——次の絵のテーマは、これにしよう。神への供物《くもつ》にされた淫《みだ》らな乙女——」

「あぁ、コンラッド様……言わないで、恥ずかしい……」

自分の姿を淫らに詩的に表現し、フェリシアの羞恥心を煽《あお》るのが、コンラッドの好みの責め方なのだ。

彼に見られているだけで、乳首がつんと尖《とが》りじんじん甘痒《あまがゆ》くなってくる。隘路《あいろ》がひくりと蠢《うごめ》き、蜜口《みつくち》がじわっと潤ってしまう。

「いけない子だ。もう乳嘴《にゅうし》がすっかりいやらしい赤色に染まって——」

コンラッドの長いしなやかな指が、つつっと太腿の辺りを辿《たど》った。

「あっ、あ」

それだけでぞくぞく甘く感じてしまい、拘束された身体が揺れる。

股間に辿り着いた指が、和毛《にこげ》を擽《くすぐ》り秘裂を軽く擦った。

「はっ、あぁ、あん」

心地好い刺激に、腰がうねる。

コンラッドの指が、蜜口の浅瀬に突き入れられた。

「ん、んぅ、んんっ」

くちゅくちゅと掻き回す卑猥《ひわい》な水音が聞こえる。

「もうすっかり濡れている——なんていやらしい子だろう」

コンラッドは頬を染めて息を乱すフェリシアの表情を、じっと見つめる。

彼の指が愛蜜《あいみつ》を絡ませ、膨《ふく》らんできた秘玉《ひぎょく》を愛《め》でる。

ころころと転がし、撫《な》でて、捏《こ》ねて、摘《つま》み上げる。

「はぁあ、あ、く、ううぅつっ」

鋭角的な刺激に、目をぎゅっと瞑《つぶ》り全身を強ばらせて耐える。

「いい声だ——たまらない。もっと欲しい？」

コンラッドの顔が近づき、ふうっと熱い息を耳孔《じこう》に吹き込んでくる。

「やぁ……あぁ、欲しい……」

隘路が指ではない、もっと太くて硬いものを締めつけたいと、きゅうきゅうざわめく。

「ふふ、素直でよい身体だ——でも」

ぬるっと指が引き抜かれる。

「あ――」

刺激を奪われ、フェリシアはせつなげに息を吐く。

「まだおあずけだ」

コンラッドは一歩一歩後ろに下がっていく。

テーブルまで戻った彼は、おもむろにスケッチブックと鉛筆を取り上げ再び、吊り上げられた人魚のように身体をくねらせているフェリシアの眼前に戻ってくる。

「……は、ぁ、あ、コンラッド様……つらいの……」

身体中が熱く欲情し、内側にこもった熱が逃げ場を失ってフェリシアを責め立てる。

「我慢するんだ――被虐の悦びに悶《もだ》えるきみの姿は、ぞくぞくするよ」

コンラッドが素早く鉛筆を動かす。

さらさらさら――。

無垢《むく》な真っ白な紙に、自分の官能に支配された肢体が余すところなく写し取られていく。

「あ、ああ、あぁん……」

じわっと蜜壺《みつつぼ》の襞が蠢《うごめ》き、痺《しび》れるような快感が全身を貫く。

二人だけの秘め事。

芸術の神の啓示を受けたコンラッドが自分を描いていく。

フェリシアはうっとりと緊縛の悦びに浸《ひた》る。

「見られただけで、達《い》きそうだね——達ってもよいのだよ」

低いバリトンの声が、意地悪く優しく誘う。

「んっ、は、あぁ、あぁん、ん……」

白い喉を仰け反らし、フェリシアはゆっくりと快感の高みに昇っていく。


フェリシアと正式に結婚したコンラッドは、その後、精力的に芸術活動を再開させた。

彼が主に描く風景画は、描くたびに奥行きと情緒を増し、名声はますます高まった。

コンラッドとフェリシア夫婦は、二男二女の子宝に恵まれた。どの子も美しく賢く、すくすくと成長した。

コンラッドの愛妻家ぶりは世間の口の端に上るほどで、彼は生涯フェリシアだけを愛し慈《いつく》しんだ。そして、数多くの妻の肖像画を残した。

どの絵も、刺激的で官能の美の極致《きよくち》を描き、観る者の五感を揺さぶる傑作ばかりであった。

長い画家人生の中で、コンラッドが人物を描いたのはフェリシアただ一人だけであった——。

終わり

あとがき

皆様、こんにちは！　すずね凜です。

今回は、タイトルに「ドS」というかなりインパクトのある言葉をつけてみました。ヒーローは文字通り、なかなかのS系男子です。

いろいろシチュエーションを考えて書きましたので、そこのところを楽しんでいただければ、と思います。

ところで、このお話のヒーローは貴族で絵描きさんであります。

そのため、始めは絵のモデルとしてヒロインをスカウトします。

私は若い頃は美術系の仕事を目指していまして、美術の専門学校に通って勉強したりしました。

デッサンの時間にはモデルさんがいろいろポーズを取ってくれるんですが、授業によっては、全裸のモデルさんもおりました。完全なすっぽんぽんです。しかし、勉強となるとそこは、ぜんぜんエロ的な要素が消えてしまうんですね。ただ人間の肉体の不思議な構造とかその美しさに、目がいくんです。日本は性器露出表現に関しては、異常なほど規制があるのですが、純粋に人間の生殖の根源の部分に、卑猥だの劣情を煽るだのとマイナスな意味をつけるのは、いかがかと思うのです。

ところで、絵のモデルさんってただじっとしていればいいだけというわけではなく、いろいろポーズを取ったまま十分とか三十分とかひたすらじーっとしているのです。

これは結構大変です。

私はアルバイトで着衣の絵のモデルをやったことがあるのですが、ただ椅子に座っているだけでも、微動だにしないでいるのはかなり疲れました。本職のモデルさんたちは、腕を上げたり足を組んだり、複雑なポーズできっちり静止してくれます。やっぱ、プロは違います。

さて、今回華麗なイラストを描いてくれためろ見沢先生に大感謝です。ヒーローが特にイメージ通りで、どきどきしました。

そして、いつも面倒見のよい編集さんにもお礼申し上げます。

最後に読者の皆様には、最大級の感謝を！

またお目にかかれる日までごきげんよう！

すずね凜先生、めろ見沢先生へのお便り、
本作品に関するご意見、ご感想などは
〒 101 - 8405
東京都千代田区三崎町2 - 18 - 11
二見書房　ハニー文庫
「耽溺契約婚～ドS公爵の淫らなアトリエ～」係まで。

本作品は書き下ろしです

Honey Novel

耽《たん》溺《でき》契《けい》約《やく》婚《こん》
～ドS公爵《えすこうしやく》の淫《みだ》らなアトリエ～

【著者】すずね凜《りん》

【発行所】株式会社二見書房
東京都千代田区三崎町2 - 18 - 11
電話　03（3515）2311［営業］
　　　03（3515）2314［編集］
振替　00170 - 4 - 2639
【印刷】株式会社　堀内印刷所
【製本】株式会社　村上製本所

落丁・乱丁本はお取り替えいたします。
定価は、カバーに表示してあります。

ISBN978-4-576-16141-9

http://honey.futami.co.jp/

甘くとろける蜜の恋☆濃蜜乙女レーベル
Honey Novel

舞 姫美の本

甘蜜色ブライダル

イラスト=めろ見沢

フェリシアは幼い頃からずっと許嫁候補のディオンに想いを寄せていた。
ついに結婚できると思った矢先、城の内部で事件が起きて……。